The Place
Where

We Have Not

Arrived

地方 不曾抵达的 我们

李胜法 ——— 著

LW 上海文艺出版社
Shanghai Literature & Art Publishing House

图书在版编目（CIP）数据

我们未曾抵达的地方/李胜法著. — 上海：上海
文艺出版社，2017（2022.4重印）
ISBN 978-7-5321-6468-4

Ⅰ．①我… Ⅱ．①李… Ⅲ．①中篇小说－小说集－中
国－当代②短篇小说－小说集－中国－当代 Ⅳ．
①I247.7

中国版本图书馆CIP数据核字(2017)第217209号

责任编辑：崔 莉 胡 捷
装帧设计：钟 颖
责任督印：张 凯

书 名：我们未曾抵达的地方
著 者：李胜法

出 版：上海文艺出版社
出 品：上海故事会文化传媒有限公司
　　　　(201101 上海市闵行区号景路159弄A座3楼 www.storychina.cn)
发 行：北京中版国际教育技术装备有限公司
印 刷：天津旭丰源印刷有限公司
开 本：890×1240 1/32 印张6.25
版 次：2017年11月第1版 2022年4月第2次印刷
书 号：ISBN 978-7-5321-6468-4/I·5164
定 价：35.00元

目
录

我们未曾
抵达的地方

我们未曾抵达的地方

扫这里
面基苦逼编剧李胜法

*

　　最近兔子来得频繁，要求也变多，想到近日天气突然坏起来，它又弱小，便不好多说它什么。

　　按照之前它吩咐的，提前去市场买了小袋花生。本想着抓到锅里掺白米一起熬粥，它却闹着要吃炸的，只好依它。

　　油炸花生还是很简单的，泡水去灰，热锅烘干后，倒点油翻炒即可。只是这毕竟是人的食物，兔子能不能吃得惯还属未知。便去问它。结果它比人还懂吃，叮嘱我油要用山茶，炝锅用八角，少放茴香多放盐。真不知道它上辈子是个什么物种。

3

出锅入碟，兔子自己跳上了桌，认识久了，胆子也愈来愈大。我也懒得理它，就坐它对面自顾自地吃。它也没什么心肺，东挑西挑地抱怨会儿什么，也慢慢进食了。

兔子进食的样子还是很有趣的，先用嘴把一块儿餐巾纸拽到面前，然后才动前爪把花生从碟子里抱出来，看它嘴巴翕动几下，胡须跟着抖一抖，花生那层油汪汪、金灿灿的皮便轻易嗑掉了。

后来给兔子煮了些其他的食物，都未吃太多。问它原因，却说怕吃多了会长胖。从未听过兔子也懂得爱惜身材，莫非它是雌性的？又想到它平时一贯挑剔的性子，那十有八九是如此了。

其实我并不是很喜欢兔子，相较之下，我更喜欢猫和狗，它们弱小、黏人，并且听话。而兔子呢，看上去弱小，骨子里却很自主，这就不大好。比如喂食，猫狗不懂得挑剔，浇点儿汤汁，加个火腿儿，便令它们摇半天尾巴，蹭好久裤脚。兔子就不行，它总要尝试新花样儿，比如炸花生米。

如果可以选的话，我自然希望兔子能是一只猫或者一只狗，但是不能，也就只好顺其自然。好在兔子也没有让人太过不堪忍受，当我选择性地无视掉它的缺点时，它便变得异常完美与可爱了。同理，人也可以如此，但难度有点高。

几年前我曾有过一段恋情。当然，在你看到"曾"这个字眼儿时，恋情的结局便已不言而喻。而我想说的是我们分手的过程，直到现在回想起来，我依旧觉得它有点匪夷所思。

先说说我的那位女友吧。

她学艺术。你知道，学艺术的人，多少也要沾染点艺术气息，并将之展现出来。女友当然也不例外，她的艺术气息体现在说话时喜欢引经据典，旁敲侧击。比如她想要一条裙子，却不会直白提出我"想要一条新裙子"，而是要东拉西扯些莫名言论，类似"女人穿裙子的心理学意义"，"裙子带给女人的社会功能"等等。尽管最终都是以我为她掏钱买下裙子然后彼此各生欢喜作为收尾，但这种感觉实在太糟了，谁愿意因一条裙子而将话题上升到人类社会这种莫名的层面呢？所以有时，我甚至希望在买完裙子后能有个警察出现并将她强行带走，理由是刚才的消费造成了地区性人类危机。

后来便分手了，原因倒不是裙子，而是诗歌。

说起来，她迷上诗歌我是能够理解的，毕竟艺术生。但不能理解的是，她非要我为她朗诵。天呐，我哪里晓得这种东西，我连女人为什么要穿裙子都还没搞懂呢。无奈，只好硬着头皮给她背诵《春晓》，就是小学二年级课本上那个。我自认为我背得还不错，起码比小时候要利索许多。但显然女友并不满意，当我背到"夜来风雨声"时，她跑掉了，再也没有回来，也未有过其他联络。

我当然知道自己是被甩了。不过我也没有太伤心，从裙子开始，我就不是那么喜欢她了。但我还是忍不住想，假若我能像宽容兔子一样去宽容她，而她也可以这般宽容我，那我们大抵是可以幸福白头的。

可惜，人到底不是兔子。

而兔子也终究比人好打发。

*

白天兔子不在的时候，我总要去老徐的汽修厂坐坐。这是最近才有的习惯，在这之前，我和老徐也不太熟络。

老徐今年五十有六，这样一个年纪总让人觉得尴尬，老也不老，年轻也不年轻，叫人不知道怎样称呼他才好。我把这话讲给他，他也颇有感触，白天干活，手上有使不完的力气，只觉年轻依旧，但夜里上了床，便觉得老了。

我大概能猜到那种感觉。那是一种有心但无力的疲惫感，在手腕或脚腕上缠绕着，匍匐着摸过来，包裹全身。

多年前，大约是七八岁，我和外公一起赶集。具体状况已记不得，只知道自己忽然哭闹，非要骑上外公脖子才肯罢休。然后外公从背后抓住我，双臂发力，想将我举过头顶，可试了几次都失败了。

他喘着气说，抱不动，抱不动了，我老了嘛，半截身子埋在土里啦。

我那时还不懂这话的含义，暗想外公明明和我一样，还好好地站着，怎么就说被土埋住了。但外公很笃定，他说，真的埋住了，身子沉甸甸的，动弹不得。

我便很想告诉老徐，想知道自己老不老，找孙儿来抱一下便知晓了。

但老徐的妻子病逝多年，并无子嗣留下。这让我无从开口，只好跟着他的话头儿，把话题转到了船上。

那是一艘忽然出现在码头的老式汽船。

长久以来，没人知道这船来自何方，更不知晓它的主人是谁，它就是一个一夜之间莫名出现的谜，静静地停靠在江边。即便如此，依旧没人对它感兴趣，没办法，它太老了，已被淘汰多年。现在大家出江捕鱼，都开新式的柴油机船，谁在乎这种废弃了几十年的老物件儿呢？就这样，一连半月，老船都在江边风吹日晒，如枯木般孤独。

后来，老徐叫来修理厂的学徒，将那船拉到了他的厂里。

而此刻，它就停在我眼前：前后船帮多处凹陷，也不知被撞了多少次；船底锈痕斑斑，龟裂漏水，或许可以勉强漂浮，但一定是不能载人的，会沉没；至于诸多零件，要么丢失，要么损毁。我不明白老徐为何要将它带回来，难道要卖废品？

我打算修好它。老徐说。

咋？我没懂这话的意思，修这玩意儿做什么？

老徐说，为嘛不修，别看它老旧得上不上眼儿，其实是个好东西的，修一修，保不齐还能下水，最不济，也能当个古董摆着看嘛，不赖的。

听他这样一讲，我也觉得有趣了。别看这破船扔在江边没人稀罕，万一修好了，"突突突"开上江，可就厉害了！老蒸汽船呀，没准儿还会有大老板出来，花大价钱买去收藏，想想就了不得。

老徐听了我的想法，狠狠笑话了一顿，咋能给修成原样嘛，不能的，件儿都配不到了，也就翻个新，改到它能下水。

那还有什么意思？我一下子觉得索然无味，有这工夫，配两三个新船都够了。

哎，有趣的，有趣的。老徐摆摆手，我修好了，喊你来看嘛。

我嘴上敷衍着答应，心里却是对船的事没了半点兴致，随便找个借口从汽修厂离开，回了家。

看看天色不早，兔子该要来了，我却还没计划好晚饭吃什么，便干脆坐在门口，等着问兔子是否有什么想法。可直到天空漆黑如墨，路灯们排着队亮起，那个小小的，白色的身影也未出现。

*

因为独居的缘故（也可能只是懒），始终没养成在家中囤积食物的习惯，菜柜空空如也，早前的挂面也不知何时吃光了。便穿上鞋，到前街的小卖铺里去买吃的。

路不远，穿两条巷，拐个弯就看到小卖铺门前的灯。进去后发现大人没在，只留个孩子看店，八九岁的样子，往烟柜后面一坐，头几乎都要被玻璃遮住。他见我进来，也不说话，软兮兮地瞥一眼，又继续低头去玩手里的游戏机了。

我知道他小名叫毛毛，大名叫什么却不清楚了。不久前他调皮惹祸，被他妈妈拿着扫帚追打，竟一路逃到我家院子里躲着，还撞掉衣架上一条我刚洗好的裤子。后来他妈妈，一个身矮体胖的短发女人，也一阵旋风似的冲进来，满脸怒容，二话不说，抡起扫帚便是一顿暴打，完事又揪着耳朵拽出门去。耳朵拉得那么长，我隔着窗户看，都不免心惊肉跳，暗暗叫疼。

那女人似乎是关外嫁来的，脾气大，说话时带有奇怪的口音。我每次从前街路过，都会听到她同旁人闲聊，语速极快，一不留神就叽里咕噜说了一堆。我试着努力去听，依旧辨不清她的音节，完全搞不懂那些人是如何做到与她谈笑风生的。

我原本还想，若那女人在店里，付账时势必会麻烦许多，毕竟语言不通。结果看到只有毛毛在，顿觉轻松。

店不大，吃的也少，挑来拣去也只拿了两包方便面，准备回家去煮。

付账时发现毛毛收起了游戏机，捧着个不知哪里弄来的捕鼠夹摆弄着，赶紧让他放下，这不是小孩子能玩的东西，打到手可是了不得的。

毛毛却说，这不是捕鼠的，这是抓兔子的。

我觉得奇怪，问他抓什么兔子。

白色的兔子。他说，这两天总在西边野地里看到，喜子

9

他们都去捉了，就是现在，我要不是得看家，也去了。

我陡然心惊，慌慌张张往西边跑。

穿过大片亮着灯光的屋舍，又穿过几块红薯田，到了毛毛所说的野地，一个操场大小的土湾，坑坑洼洼，满是杂草与野树。

六七个小孩在湾里猫着腰走来走去，他们举着手电，一个草堆一个草堆翻寻，甚至还有几个扯着一张破渔网。看上去的确是在捕兔，但这种鬼方法哪里能捕得到，要知道，兔子可是顶顶聪明的家伙。

我顿时放了心，故作凶恶地对孩子们吼几句，把他们吓回家。

月亮这时已升得很高，风轻轻一吹，白月光便轻轻柔柔地从树枝上挂下来，遍地银辉。路上有些坑洼尚存着积水，它们反光，一簇一簇地闪，亮晶晶的，像细碎的银子。

既然确定了兔子平安无事，也就无事了，便独自慢慢往回返。

再路过小卖铺时，毛毛妈妈已经在了，穿件红外套，倚在烟柜边教毛毛写作业。之前的捕鼠夹被丢在门口，弹簧好像被卸掉，又好像没有。便忍不住又开始惦记那兔子：今天没来吃晚饭，一定是被那些孩子惊跑了，可躲去了哪里呢，又什么时候回来呢。

正这样胡乱想着，却看到兔子安安稳稳地待在家门前的台阶上，正是傍晚时我等它的位置。

我立时觉得惊喜，可还未开口，兔子却先出了声。

饿了。它说。

*

想来，人这种物种，是最耐不住寂寞的。

比如大龄的单身男女，说要结婚，便忽地结婚了，也不挑剔了，什么身高，气质，性格，通通不在乎了，只要枕头边上能多出一个脑袋便好。

再比如我，一旦孤独得久了，便忍不住想要和人讲话。但实际上，我也没什么可讲的，可依旧忍不住心心念念，能有个人能讲讲话多好。因此，当兔子说它想要留下暂住时，我异常痛快地答应了。

兔子当然不能睡床，便卸个羽绒服的帽子给它作窝，本以为它会对此不满，结果却是很平静地接受了，倒也省事。

这样，一人一兔便住到同个屋檐下了。

想着给兔子取名，却被告知早有姓名，叫孔孔。听着倒也顺耳，便叫它孔孔。

自从孔孔来了，球赛和武侠片就再看不成了，它要霸着遥控器看动画。我很诧异，为何兔子爱看卡通片呢，难道兔子都是不成年的吗。

兔子辩解说，兔子成年不成年不重要，重要的是，你这么大的人了，竟不能让着兔子吗？

只好一切都依它。

好消息是，有了兔子作伴，日常的买菜做饭便不显得苦闷了，毕竟它很懂得吃，总能教我些新花样儿，味道也可口。

后来再去市场，便带着兔子一起。

但兔子总不愿自己走路，抱怨脚疼。只好找个双肩包放到胸前背着，拉链打开，把它放进去，单露出个小脑袋。

我笑话它，好好一只兔子，竟懒成了袋鼠。

它反问我，袋鼠和兔子又有什么分别呢。

当然有分别。我说。

什么分别？它继续问。

我想了一会儿，很大的分别。

算了吧，你说不出，原本就没有分别的。兔子这样说完，不吭声了。

我也跟着沉默，便出门。

漳江的风景还不错，我们沿着江畔行走，看风儿从江面掠过，惊起水波，日光跟着落下来，荡漾着，碎成了一片一片，又泡在江水里漂得远了。

兔子忽然开口：你本不该这样子的。

我一下愣住。

江上船来船往，我同它们交错时，看到几十张不同的脸。它们有的苍老，有的年轻，有的光鲜美丽，有的丑陋平庸。

那么我呢，我是什么样子呢？我仔细想了许久，理出一些脉络：二十七岁，单身，待业，独在异乡，无人联络。

几个月前，我从北京离开，像逃一样来到这个小镇，用几百块租下现在的房子，弄清了门口的路，往左是码头，往右是市场。还有就是，房东没要我水电费，因此我可以省下钱来装个卫星天线，真不错。

独自生活的好处是，我一点儿也不必考虑别人，出行，饮食，工作，休憩……这些全凭自己的心情：不愿做饭便买不同口味的泡面，不想起床便蒙头躺到午后，也不必去工作，缺钱了便写些稿子寄出去。我不关心粮食与蔬菜，四季更替于我而言，只是穿衣数量上的加减。我可真颓废。

我始终觉得，生活就像漳江，而人则是构成它的细小水流，一注注水在行进间彼此交汇，碰撞，翻起浪花，惊起游鱼。偶尔碰到个风雷雪电的糟糕天气，江水就会随之翻涌咆哮，待到天清气明，一切又会归于平静。生活，原本就是声色交替，循环往复的。而我在生活中扮演的，也曾是水流，但如今，却只是江底一块快要化掉的泥沙。

但兔子忽然说，你不该这样子的，这样不好。

它的语气低沉而低落，带着淡淡的同情和责备，这一下让我掉进了回忆的网，想起那个被土埋了半截的外公。

那是很多年前的一天了。我因为逃学和不做作业的缘故，被女老师找上家门。当时，我躲进里屋的炕角边，局促且不安。

我以为外公会狠狠揍我一顿的。

但他没有。他将女老师拦在了屋子门口。

我听到老师问，孩子在家吗。

外公说，他不在。

老师问，那你知道他没去上学吗？

外公说，不，我不知道，我看着他背着书包出了门的。

老师说，他没去上学，逃学了。还有，他几乎每天都不写作业，经常不写。

外公说，不会的，他写的，他每天都要写到很晚的，我都看着的。

他们好像还说了些什么，但我记不得了，只记得在老师离开后，外公慢慢走进里屋，在炕沿边站住，然后抬着头，静静地看着我。

他就一直那样静静地，静静地看着我，很久也没有说话。直到我承受不住他的目光，咬着嘴唇流下眼泪时，他终于出声了。

你不该这样子的，这样不好。他说。

*

我打算给孔孔做一次芹菜。

长久以来，我和孔孔在食物的问题上都很和谐。但这次，一根芹菜让我们产生了分歧。

我的想法是，把新鲜的芹菜斜着一片一片切开，再倒进锅里和牛肉一起爆炒。

孔孔却认为，芹菜应该和胡萝卜一起切成丁，用开水烫过，再稍稍过油，且不许放肉，这一点尤为重要。

我们争执良久，徒劳无功。于是便分开做，自己吃自己那份，各生欢喜。想想也是，兔子再好打发，也仍旧是兔子，怎能要求它和我一样呢。

再出门还是会带着兔子，同样放到双肩包里，背在胸前。我们都不觉得别扭，倒是毛毛见到我们很惊讶，叫道，我说怎么找不到兔子了，原来是被你捉走了。

我当然不愿接他这个话茬，便不理他，加快了步子想走。但他紧跟不舍，围着我跑来跑去，非要摸一下兔子。

孔孔又非宠物，怎能给人随便摸。

我正犹豫着如何拒绝，却听到毛毛妈在远处大喊：死孩子，折腾什么，滚回来写字。

毛毛不敢继续闹，蔫着脑袋离开了。

我心下松一口气，又不免惊奇，怎么这会儿竟能听懂那女人的话了，而且腔调，也中听了许多。

想了很久也没想通，便不想了，哼着曲儿往老徐的汽修厂那里去。

说到老徐，他倒是蛮喜欢毛毛的，跟我聊天时也常唠叨些毛毛的琐事。也几次见到过毛毛在汽修厂玩，东窜西跑的，一点儿也不怯。有时老徐也跟他一起闹，用手套蹭许多机油，互相往对方脸上抹，都笑得挺欢乐。大约是他自己没有孩子的缘故吧。

我也向老徐提起过几次孔孔，这样不一般的兔子，任谁也愿意向人炫耀嘛。但老徐总不信我，他说，要是真那么好，抱来让我瞧嘛。

我把这话讲给孔孔，它没什么表示，但表现出的样子很明确，不想去。

有时带着兔子从市场回来，经过汽修厂，想着进去坐一下，兔子就噌一下从背包里蹿出，独自跑回家。看上去，它对老徐很排斥，至于原因，却是搞不清楚。

老徐始终不忙，修理的活计都交给徒弟，自己坐在里屋，叼根烟撑撑门面即可。

后来又提过几次破汽船的事，他的确在修，并且亲自上手，可进度断断续续的，说是配件不好弄。

不过肯定能下水。老徐信誓旦旦地保证。

*

天气转凉，雨一阵接一阵，风也变大，竟把卫星天线也吹坏了。打电话请人来修，却一直被推脱，说是要等个好天气才肯过来。可一连几日都是阴天，电视也一连几日都不能看，这便让人无事可做，整颗心都乱糟糟的。

同样焦躁的还有兔子。像个失控雷达似的在屋里晃来晃去，嘟嘟囔囔的，甚至身上的绒毛也微微炸起。

大概是糟糕的天气吓到它了吧。便安慰它，没事的，只是雨季到了。

兔子却说，不，是要起风了。

下雨嘛，肯定要起风。我说。

是大风，很大的风。它说。

没事的。我再三安慰道。

它却不再说话，无声无息地到另一间屋子里躲了起来。

半天也没想通大风对兔子有怎样的影响，也懒得再去费脑筋。

看看窗外，云色阴暗，大块的云层被风推搡着卷到一起，堆得那样厚，简直要把天空给拽得更低。街道空空旷旷，半天也见不到一个人影，倒是偶尔传来几声小孩子的呼喊，隐隐约约的不大真切。大概，真的会来一场大风吧。

左右无事，便上床，伏在枕头上盯着屋内的光线看，开始还挺明亮，后来就暗了。再然后，眼睛看什么都是模糊的，最后连听力也出了问题，好像能听到时间小脚步小脚步地在挪动。它先细碎着前进，接着变密集，在整间屋子里走来走去，后来，干脆扑上了床，爬在我的脚上走，接着是后背，脖颈，又跟着用力一蹦，顺着我的耳朵窸窸窣窣地钻到脑壳里去。

我便这样跌进了梦乡。

梦里，几年前的女友忽然出现，穿着仔裤，要和我去西单逛一逛。

那项目怎么办？我问。我好像是有个很重要的项目要做，但具体是什么，却怎么也想不起来了。

你不是已经搞砸了吗？她说，不是已经被辞退了吗？

是的，已经搞砸了。我抬头看看周围环境，的确没在单位里，是在一个奇怪的、发着光亮的地方。便跟她一起去西单。

路上她问，你知道女人为什么要穿裙子吗，这是有心理的。

我忽然觉得恶心，便不理她，故意往王府井那边走。但有个戴红箍的老头儿拦住我的去路，非让我往另一个方向去，他说西单在那边。

谁说我要去西单？我愤极，用力推搡，却发现他是老徐。

老徐说船总也修不好，少零件，要去西单买个发动机。

那你肯定买不到。我说，你去西单只能买裙子，买发动机是不可能的。

那样的话，就真的没法修了。他说。

其实你可以去合肥买。我说。

合肥？

我点头，对，合肥，合肥很大的。

我们便一起往合肥去。先是急匆匆到北京站去买火车票，排了好久的队，结果只有一张票有座位，只能两个人轮换着坐。

过廊坊的时候，火车忽然停了。

乘务员推着小车走过来，我以为她要卖吃的，便扭头不看她。可是她说，火车坏了，大家一起下去，帮把手推一下吧。

凭什么。我问。

不推就开不起来，而且一会儿后面的火车赶上来，还会撞上我们的。她说。

只好下车去推。

全车人站在铁轨两边一起扶着车壳用力，其他轨道的火车呼啦啦从两侧经过，那些好运的乘客们把脸贴在玻璃上，新奇地看着我们。我觉得自己真是倒霉透了。

在众人的努力下，火车终于动了，它缓缓地前进，发出"腾腾腾"的响声。乘务员从车门后露出个头，挥着手大喊，你们快跑，爬上来，爬上来。

所有人便开始怪叫，一面跑，一面伸着手去抓火车上的把手，努力往上蹿。我也随着人群一起跑，卖力地伸长胳膊去够车门处的扶手，终于身子离地，气喘吁吁地踏上了踏板。

此时，火车骤然提速，开始轰隆隆地前进，风迎面吹来，扑打在我的脸上。我这才想起老徐，赶紧扭过头去寻找他，才发现他并没有爬上来，还在铁道边挥着胳膊奔跑。

车速愈来愈快，老徐很快被甩在身后，在我的视野中慢慢变小。

*

醒来不知是什么时候，天已经黑透了。窗户竟被吹开，一阵风从窗口灌进屋，凉飕飕的。

我从床上翻下去，只觉头昏脑涨，手脚都使不出力，又看了看表，发现早已过了饭点。但饭还是要做，就算我不

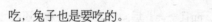

吃，兔子也是要吃的。

但让我惊讶的是，兔子不见了，找遍房子的所有角落也没有发现它。

后来在羽绒服的帽子里，找出几根绒毛，半个指头那么长。我想，这大概是兔子脱落的。可兔子是白色，这毛却是浅灰，有些想不通。

一直等到半夜，也没见兔子回来。我有些生气，又有些着急，想出去找它，时间又太晚，况且天气也不好。只好忍着，天亮再去寻它。

比起兔子的突然失踪，另一件事也让我忧心忡忡，就是在那个奇怪的梦里，我要去合肥这件事。

说起来，合肥这个城市，跟我没有任何交集，除了知道它是安徽的省会这一点以外，我对它便再无任何了解。可我为什么会梦到它，并急匆匆地赶往那里呢？我想，这大概是因为我的外公。

我外公对合肥有着奇异的执念。

这种执念真的不清楚从何而起。小时候已经听他无数次提起合肥这个城市了。他到集市上卖旱烟，明明是自己种的烟叶，他非要说是合肥的。站在土路边上，卖力地喊，合肥的烟，合肥的好烟，大老远带回来的合肥好烟。有时他去井里挑水，挑着扁担，忽然说起来，唉，我们这里就是太穷啦，在合肥，每家都有自来水的。

那你去过合肥吗。我问。

他摇头，没有。

那你怎么知道合肥好？

肯定好嘛，你那个五舅爷爷，就在合肥呢，大厂子里的头头。他说。

我打断他，不，北京肯定更好，北京是首都。

哎呀，差不多的，合肥跟首都差不多的。他说。

于是，在我当初的世界观里，世界被分成了三个部分，家乡，北京，合肥。虽然我不知道外公为何要对一个从来不曾去过的城市心心念念，但我还是在一次闲聊中答应了他，长大后替他去合肥看一看。

可在我真的长大后，还是毅然决然地选择去了北京。没办法，比起一无所知的合肥，首都更令人心驰神往。

而现在，我却在一个奇异的梦里梦到了合肥，这是外公在提醒我有关合肥的约定吗？这样想着，我忍不住打了个冷战。

*

转过天，风停雨住。

兔子还是没回来，我只好出门去找它。

太阳虽然依旧不肯露头，但天气已经好了许多，街上开始出现行人，小孩们也陆续跑了出来。

我先到西边的野地去看了看，一无所获。犹豫了半天，一下子不知道再去哪里寻找好了，我这才发现自己对兔子的了解竟然如此之少。

便沿着镇上的路乱走。一直到了小镇的最东边，这里好像是镇子处理水货的地方，刚临近便闻到浓浓的腥味。

几个女人靠在房山下面给鱼刮鳞，她们手上不停，嘴也没闲着，七嘴八舌地讲一些小青年相亲的事。后来又有一人开始抱怨，说自己活得很烦恼。这一下让所有人有了共鸣，纷纷倒自己肚子里的苦水。

我一下觉得舒服了许多，原来这么多人也烦恼，并且不比我的烦恼要轻。

在东边走了半天，还是寻不到兔子的踪迹，只能慢慢往回走。

路过汽修厂时，被老徐招呼进去。他问我这回怎么从东边过来，我如实相告，我的兔子丢了。

你还真有个兔子？他问。

你怎么总不肯信？我急了，不是一直都跟你说，我有个兔子，叫孔孔的吗。

他哈哈大笑，说，吃花生米，喝粥的兔子么？我要是信了，岂不傻脑壳？

我便去掏口袋，把昨夜找到的兔子毛举给他看。

老徐把灰色的毛捏在手里，吹了几下，又丢掉。这能是兔毛？灰不拉几的，明明是防寒服棉帽子上的毛毛嘛。

我气得跺脚。我真有兔子的，以前带它去市场买菜，小卖铺家的毛毛看见了，想摸我还没让呢。

老徐说，毛毛就在我这里玩呢嘛。

那好，咱们问问他。我说着，便往汽修厂里面走。

进去后看见那艘汽船被铁链吊了起来，悬在一人高的空中。毛毛正双手扒着船帮，把身子挂在上面用力扭着，玩荡秋千的游戏。随着他身子摆动，船也晃晃悠悠，铁链吱吱呀呀地响。

我说，毛毛，你下来，告诉老徐，我是不是有一只白色兔子。

毛毛回头看我一眼，也不答话，又转过脸去，继续挂在船上奋力地扭。

老徐哈哈大笑，不要较真，有就有嘛，你找到了抱来给我看嘛，我也喜欢兔子的。

然后他又说，这个船，差不多要好啦，我托人从安徽带了好些配件回来的。

安徽？我心里一惊，合肥吗？

对，你从哪里晓得的嘛。老徐问。

我还没来得及回答，只听身后哐的一声巨响，紧跟着响起了毛毛的惨叫。

船掉了，砸在毛毛身上，正压胸口。

我愣在原地，脑中轰鸣，只能看着毛毛张着大嘴惨叫，不知所措。

而后有几个男人冲过来，推开我，互相指挥着，搬起汽船，将毛毛的身子从船下拖出来，抬走了。

*

毛毛挂在汽船上玩荡秋千，反复扭动身子，后来船掉下来，将他砸伤了。

我想，在毛毛扭动的时候，他一定觉得很快活，而且他也一定没想过船会掉落。汽船上的快活在毛毛计划之内，但汽船下的痛苦却在毛毛意料之外。

一切无从得知并突然出现的灾祸都是意外，每个人都会遇到意外，且会遇到很多。这是命中注定的。比如毛毛的妈妈，她在小卖部里数钱的时候，一定觉得很快活，可毛毛突然出了意外，毛毛的意外就是她的意外，因此她怒极，堵在汽修厂门前破口大骂，把脸憋得比身上的大衣还红。

我理解她的心情，但还是忍不住想，假若我是毛毛，听到她这样撒泼，不但会觉得意外，还会羞愧万分。倒不是我冷血，也不是我没有同情心。而是我觉得，我原本就不喜欢毛毛，当我进入汽修店时，也说了"毛毛，你下来"这样的话。但他不理我，继续在上面快活，出事便显得有些咎由自取了。

事实上，我不同情毛毛，并非因为他撞掉过我的衣服，也不是因为他想摸一下我的兔子。而是因为从本质上来讲，我视毛毛为陌路，毛毛也视我为陌路。就像毛毛出事时其他人一把推开我那样，我是他们眼中碍事的外地佬，他们是我眼中无聊的本地人。

我们格格不入。

当我理清这些思路时，发现老徐和毛毛都不见了，其他人也不见了，都像兔子一样，忽然就不见了。

只好独自回家，一个人到床上默默躺着。

我忽然开始计划以后的事，反正房子租期要到了，干脆一走了之，离开这里算了。

那你计划去哪儿？一个声音从床下传出来。我探头去看，发现是兔子躲在那里。原来是这样，我找了屋子的各个角落，却偏偏忘了看一眼床下。

兔子爬出来，静静地望着我。我感到惊异，因为兔子竟变成灰色的了。

你怎么了？我问它。

老了。它说，就像你们人老了会长皱纹一样，我们兔子老的时候，毛发会变灰。

怎么一夜就变老了呢？我又问。

哪里会一夜变老呢？兔子说，兔子的苍老也是一点一点进行的，就像人变坏，也是一点一点变坏。但人们总看不到变坏的过程，只能在彻底变坏无法挽救之时，讶异地发现最终结果。兔子接着说，其实这些都是可以改变的，但大多数人总找不对方法。

我沉默，不知该接什么话才好。

然后我说，我真的要走了。

去哪里？它问。

我想了想，合肥吧。

去做什么呢？去换个地方躲着吗？兔子忽然这样问道，语气嘲讽。有什么分别呢？这里和合肥有什么分别呢？

这让我想起它以前问的，袋鼠和兔子有什么分别。我依旧答不出，还是沉默。

饿了。兔子说，弄些吃的吧，随便什么都行。

但我没有动。

*

毛毛第二天便出院了。他的伤势不重，一切只是虚惊，才两天便快活地上街和其他孩子打弹子去了。他妈妈也容光焕发，一脸笑容地同旁人讲自己的心路，哎呀，那天真是骇死人了。

同样快活的还有老徐，他原本很自责，出事后直奔医院，日夜守着，此时没事了，便跑来敲我的房门。

船搞好啦，晚上一起来试水嘛。他说。

我正收拾行李，看他表情期待，又想到以前就答应过他，便同意了。

那好，天黑些到码头，我们下江。他说。

我有点奇怪，为什么要夜里去？

啊呀，白天的话，万一没修成，憋在江里动不得了，还不叫人笑话死？他说。

于是夜里八九点钟时，我和老徐到了码头。

我问他，靠谱吗？

没问题的。他信誓旦旦。

便和他一起把船推进江，轻轻跳上去，摇摇晃晃地坐好。老徐启动了发动机，船身震动，接着，整条船突突突开动起来，向着江心驶去。船速不快，但异常平稳，这让我感到很踏实。

没想到你真的修好了。我说。

是啊，修成了。他答。

然后他又问，你那兔子找到没呢。

我一下子愣住，而后深深地吸一口气。哪有什么兔子。我说，我连自己都养不好，怎会去养兔子。

老徐答应一声，什么也没说，全神贯注地驾驶着汽船。

嗨呀，我打算走了，到合肥去。我说。

到那里做什么嘛。

可多，找工作，处对象，买套房，结婚生孩子，一样一样来。我说。

老徐诧异地看我一眼。

我继续说道，看我干嘛，我年轻啊，你瞧你，大我三十岁都不老，还能蹦跶着修破船，更别说我了。

他哈哈哈大笑，对的，对的。

我们驾驶着汽船，顺江而下，破开水浪，搅碎了岸边倒映来的灯光。凉风扑面而至，携着许多难得的惬意裹住我。

你去过合肥吗？我问老徐。你这船，能跑到合肥吗？

说真的，此时此刻，我万分迫切地想要和别人谈论合肥，那是我已经确定的远方。但老徐没有回答我，他低头操弄着什么，一言不发。好半天，他终于松开了控船的手，叹着气说道，怎么办，还是没修好。

我愣了一下，然后发现船速在缓缓减慢，身后的发动机也悄然熄火，我们停在了江水中央。

没事儿。我安慰他，以后还能再修。

对，以后再修。老徐说着，从船上站起身，问我，会游泳吗？我点点头，跟着他站起来，轻轻一跃，将自己泡在了江水中。

当我们安静地向着岸边游去时，我忍不住又想起外公说的，被土埋住身子的话。此时此刻，我也正被江水埋住身子。而且我发现外公说得不错，被埋住时，的确沉甸甸的。

但沉甸甸的不是身子，而是脚下的水和土。只要我们努力前行，整个人便会轻盈无比。这样想着，我欢喜地翻了个身，将姿势换成了仰泳。

当我面向天空时，突然发现，在这个静谧的夜晚，阴沉了不知多久的天空突然放晴了，好看的月亮正浮在空中。我开始奋力地游，快乐地游，用尽全力伸展双臂，分开水波，溅起水花，把月亮的倒影也打碎了。

没关系，它还会变好的。

布尔津的
天空

1

风就要来了。你说。

但是没关系。你又说，在这个季节，在阿尔泰，风并不可怕。你语气平淡，像是解释，又像是平静的叙述。我插不上话，气氛便一下子尴尬起来。就在这时，风真的来了，翻过一个山坡，从我们左手刮来，其他的游客都赶忙把头发藏进帽子，唯独你没有。你说，假装是海风不就好了吗。这怎么会是海风？它从俄罗斯的方向赶过来，带着轻轻的凉，翻过了高山、低山、丘陵、河谷，出现在我们身旁，而它依旧不会停下，它会继续向南，一直到荒漠的另一端去。所以它怎么能是海风。没有海风能比它更棒。你看到了吗,它把浮尘刮尽,把天空吹平,露出干净的蓝。

你不再继续关于风的话题,而是飞快地拉着我,向着县里的方向走去,也许是因为有风在背后推搡你的缘故吧,你走得格外快。一会儿请你吃油塔子,你说。我说好的。其实我昨天就吃过了,就在我住的那个红屋顶的旅店,那时你还没来,一层楼里只有我一个房客。我下楼的时候,前台的维族姑娘递给我一个油塔子。她说,给你尝个好东西,你准没吃过。那样的语气和句式,轻松把我拉回到过去。

2006年夏天,我第一次到上海,却没能吃到沪菜,而是吃了将近半个月的川菜。这是因为那个叫苹果的姑娘(就是我曾跟你提起的那个),将我带到她家,然后俏皮地说,给你吃个好东西,你一定没吃过。那天,她给我做了锅魁,一种用芝麻面饼夹熟牛肉的小吃,我起初以为是陕西的食物,因为它看上去很像西安的肉夹馍。但是苹果说,这是四川的,你去成都,到城隍庙,就能吃到正宗的了。

苹果做的锅魁正宗不正宗我不知道,我知道的是,苹果的成都血统一定是正宗的,因为她身上散发出的川妹子气息,实在太令我着迷了。我要她教我几句成都方言,她同意了。

想学什么。她问。

我想了半天,然后说,骂人的话吧。

她便咯咯地笑了半天,真的吗?我跟你讲,成都话骂人可脏，真要学？

要学。我点点头。

那好，听着啊。她清清嗓子，可忽然又绷不住，大笑起来，哎呀，不行不行，太脏了太脏了，我教你几句顺口溜算了，我们小时候说的。

我还没反应过来，她已经开始了：报告司令官，莫得裤儿穿，捡了一打布，缝个叉叉裤。还有还有，瓜兮兮，开飞机，神搓搓，骑摩托。还有还有，跑得脱，马脑壳，哈哈哈哈哈……

她一口气说了许多，前面我有认真听，后面便听不进去了，因为她一直在笑，又笑得那么好看。于是，我的耳朵便失聪，只留一双眼望着她。再后来，空气变得诱人了，我们都不再讲话，慢慢靠在一起抱住，互相亲吻。

2

我和你一起回到布尔津县的红屋顶旅店，坐在楼道里商议明天的去处。

其实，我是想去库须根沟看岩画的。我当然也知道，那里是当地人的牧道，居户众多，又有过砸石头拉去外面卖钱的经历，肯定破坏得七七八八，不成样子了。但我还是想去看。岩画啊，听上去就很厚重。但你不同意，拿出一个小册子，一本正经地将老早计划好的路线指给我看。那好，就听你的，先往额尔齐斯河去看五彩滩，然后休整，去喀纳斯湖。

依旧是乘那个红夹克大叔的越野车，旅途中，我们靠在后座背上向窗外看，荒漠疾驰着驶向身后。偶尔路过几簇灌木，不知名的小兽藏身其中，而我们一闪而过，无法看得真切。接着，你拧开一瓶水，说起几年前在西藏的往事。

那年，你和几个网上认识的驴友一起搭车去西藏，走川藏线。抵达波密时，你们和当时的司机分离，停在路边等候下一辆顺风车。很久以后，你突然憋坏了，忍不住要尿尿，眼看四周寂静无人，除去一条孤孤单单的公路，便只剩下好看的风景。你放心了，小跑着钻到一簇草丛后，拉开裤链，然后蹲下。可那里是波密啊，号称西藏的江南，有着那么醉人的风景，所以，当一阵风抚过你的大腿时，你忽然又尿不出了，你感受着腹中的胀痛，久久地酝酿，但就是出不来，简直要气哭。

而就在这时，他出现了。他蹬着公路车，穿紧身衣，戴防风镜，风尘仆仆地从远方赶来。你满脸尴尬地被他经过，看他歪着头，伸手挑起防风镜，然后笑嘻嘻地望着你，又用力吹一声口哨，接着扬长而去。

你说，我知道我为什么尿不出来了，因为我在等他。

你又说，我第一眼看到他时，就想和他睡觉。

听到这话，我看你一眼，你正靠在后座上，无所谓地把玩着手中的瓶盖，一脸坦然，继续说道：后来，我们搭到了车，经过古乡时，又一次遇见他，他正停在路边啃饼干。但司机开得太快了，我才摇下车窗，就已经远到连他的影子都看不清。

我知道你是很想跟他打招呼的。所以在拉萨，在大昭寺前的艳遇墙，你毫不客气地走向他。我想，在艳遇墙那种地方，谁不知道谁的小心思呢？于是，他顺理成章地同你搭讪，你意料之中地欲迎还拒。后来，你们到旅店里做爱，故意不关窗，听鸟鸣，听街道的喧哗，还有大昭寺的钟声，当它们悠悠扬响起时，你感受到了前所未有的幸福与满足。

是不是觉得不可思议。你问我，我才刚知道他的名字，就和他上床了。

其实没有。我觉得这个世界上，心有色胆的人起码要到占八成。就像你说的，见到他第一眼，就想和他睡觉，我相信无数的人都有过这样的想法和经历，只是他们没有这样做，或是没有立时去这样做。他们矜持，优雅，惺惺作态，口是心非。

所以，我不会因你而感到诧异。同时，我又想起了苹果。

3

其实，我和苹果的相识与你和骑车男差不多，但我们不够诗意，我们简单且粗暴。

我是在一个徒步旅行的群里认识苹果的。当时，我即将前往上海，并随手在群里发了消息，问有没有人在上海。只有苹果回了我，回的是一个地址坐标。

在正式见面之前，我和苹果已经聊了很多，虽未知根知底，但早已弄清该如何投其所好、互讨欢心。比如我偏好各地美食，她便说，给你吃个好东西，你一定没吃过。而她爱听奇异故事，我便搜肠刮肚，从南讲到北。所以，才几小时的工夫，我们便亲密无间，状若老友了。

那晚，我和她吃过锅魁，又靠在床上用川话讲她小时候的顺口溜，接着便抱在一起，互相亲吻，宽衣解带。她伸出左手，指着自己右肩上的一颗痣说，我想纹个图案把它盖住，你说纹个什么图案好？我没有回答，只是俯下身在她的右肩上亲吻，吮吸着那颗痣。

第二天，当我们去到纹身店，站在各式各样的图案面前挑选，却一下迷茫起来，哪个都好，哪个又都不好。于是苹果说，还是你帮我选一个吧，你说纹哪个，我就纹哪个。

我想了想，找店主要来一张纸，又要了一支钢笔，然后画下两朵花。

纹这个好吗？我问她。

这是什么？不好看。她说。

苹果花。我答。

她抬头看我一眼，忽然笑了，那就纹这个吧。

整个过程并不漫长，起初我在店里看着她纹，后来便出去买东西。等我回来时，她已一切就绪，站在门口笑吟吟地望着我。走吧，回家。她这样说着，极自然地走上来挽住我的手臂，平静如水。

要知道，原本我的计划是，当晚便离开上海前往另一个城市。但我没有想到，苹果竟对我说，走吧，回家。而且语气自然，平淡，仿佛我本就和她是家人。而我更没能想到的是，我竟因为这简短的两个词汇，将离开的心思丢得一干二净。走吧，回家。我说。

夜里，我们一起扣着围裙在厨房中做毛血旺，那真是鲜血淋淋的一道菜，汤汁那么鲜亮，猩红刺眼。以至我在后面的几年中，每每在餐馆见到它，心底便会生出大团大团的罪恶。

那晚，在我切一块鸭血豆腐时，苹果忽然凑过来，按住我的手。她说，你简直是个混蛋，初来乍到，却好像你是主人似的。

我反问她，你是害怕了呢，还是后悔了呢。

她直直地望着我，忽然伸出手臂环住我的脖子，将下巴靠在我的肩上，轻轻说道：不害怕，也不后悔，只是认栽了。

这真是我听过的，最卑微的告白。她将自己置身于何种境地呢？在见面不到四十小时的时间里，她说她认栽了。

4

我和你在上午十点钟来到额尔齐斯河河畔。这里一河两岸，南岸是绿洲与沙漠，北岸却是高低起伏的悬崖式地貌，岩石遍布，有着各自不同的颜色，五彩斑斓，娇艳妩媚。

起初，你在大小不一的岩石间跳来跳去。忽然转头问我，想不想去戈壁滩上走走。

那便去吧。

我们徒步走在戈壁滩边缘，太阳热辣，空气中少有水汽。要是能在清晨过来就好了，你说，我听人讲，太阳未升的时候，这里的空气都是湿的，你想想，湿润的沙漠，那得多新鲜啊。我不答话，向不远处的一株红柳走过去，你在身旁紧跟。这株红柳枝条蓬乱，毫无规则与美感，且花期已过，它残败不堪了。

你忽然感慨起来，唉，以前看照片，它们都那么美，总想着哪天亲自看一看。现在真的看到了，却发现它不过如此，连平时路边的景色都比不过，就像……就像……你忽然卡住，想要找出个比喻，但总也找不出，于是你憋红了脸，手舞足蹈，终于挤出一个说法——就像我的爱情一样。

你的爱情。也许你有过许多爱情，但我对它们一无所知。我唯一知道的一段感情，是那个骑行在川藏公路上的男人，可你对他是爱情吗？我不知道，在你说起他时，从未提到"爱情"这个字眼儿。就像我和苹果一样，我们牵手，拥抱，上床，我们彼此沉浸在对方的目光中，但我们对"爱情"这个词汇退避三舍，从不提及。

在大昭寺的艳遇墙前，你第三次遇到那个男人。为了他，你毫不犹豫地与先前的朋友分道扬镳，和他一起踏上另一段旅程。那一刻，你坚信自己是一朵玫瑰，虽然此前你未曾开花，但他碰撞了你，激烈而急促地碰撞了你，于是你盛开了，你凌于时间，你独一无二。

你是这样说的，你说，和他在一起，愉快的心情便像风。我知道，那时候你是快活的，那时候的空气也是快活的。你问我为何知道，其实你又何必多此一举呢？当然是因为苹果。

在遇到苹果之前，我也像风，但我是走漏的风，残缺，满是漏洞。修补我的人正是苹果，她是充满绿意的山谷，当我疲惫地撞进她的怀中，便摸到了喜悦的光芒，我如同充气般疯长，焕然一新。我相信你也是这样。

你不再说话，俯下身专心地研究着一大簇骆驼刺，将枝干上枯萎的花梗摘掉，埋入沙层。

骆驼刺是骆驼最喜欢的植物了吧。你问。

是的，没有骆驼刺，沙漠中的骆驼就会死去。我说。

赖以生存的对象啊，那为什么要被叫做刺？公平吗？它帮助骆驼维持生命，却成为骆驼的刺，公平吗？你忽然激动起来，几乎要落泪。

大概是和人一样吧。我说，人不也是往往将最爱的人变成最恨的人吗？

你为什么离开苹果呢？我觉得你很喜欢她。你揉了揉眼睛，问道。这是你第一次主动提出有关苹果的问题。

那么他又为什么离开你呢？我反问。这也是我第一次主动提出有关他的问题。

因为，因为他是个混蛋！你骂道。

我沉默了一会儿，然后说，因为我也是个混蛋吧。

这样就解释得通了。你苦笑道，只是可惜了被你们欺负的笨蛋们，像我和苹果这样的笨蛋们。

我不愿再继续探讨自己究竟有多混蛋这件事了，于是我岔开话题，咱们什么时候去喀纳斯湖呢？出乎我意料的是，你异常平静地说，我不打算去了，去了也没什么意思，就像来这里之前，你能想到这里会是这副鬼样子吗？

没有想到，的确没有想到。我说，那就听你的吧，我们回去，先回布尔津，然后再各自回家。

为什么还要回布尔津？你问。

油塔子，你说请我吃一个的，但你忘记了。我说。

这个回答让你笑出了声。

那就走吧。于是，五彩滩、戈壁、绿洲、额尔齐斯河，都在我们身后远去了。

5

其实我离开苹果那天，什么事也没有。我这样一回忆，忽然觉得有点痛恨，哪怕下场大雨呢，也算有了背景，也算有了记号。可偏偏什么都没有。只有我自己在收拾那少得可怜的行李，苹果靠在床头，面无表情地望着我。哦对了，在此之前，我们还有过一小段的争执。

首先要承认的是，错在我身。当时我告诉她，我要走了。

她没有任何惊慌，也没有丁点儿诧异，只是很平静地问我，那你还会回来吗？

不会回来了，我如实相告。也许我应该骗她的，但我没有，我不想骗她。

那我就跟你一起走吧。她望着我，我现在就收拾东西，咱们去哪儿？她说着便行动起来，打开了衣柜，取出行李箱。

你别闹。我拦住她。

我是说真的，咱们去哪儿？她又问了一遍。

不要闹，我说。

但她充耳不闻，自顾自地将自己的衣物塞进行李箱。我伸手拿出来，丢在一旁，她又立刻捡起来，重新塞进去。我再拿出，她再捡回。拿出，捡回。拿出，捡回……

你干嘛！她忽然大哭起来，你干嘛！你干嘛！

她泪眼婆娑，哭得气喘吁吁，悲伤地望着我。但我没有回答，因为我答不出。

接着便有了之前说到的画面——我独自收拾着我那少得可怜的行李，苹果靠在床头，面无表情地望着我。

现在你知道了，我是一个该死的负心汉。我这阵该死的风，途经苹果的山谷，并在那里盘旋，当它热烈的，不留余地的接纳我时，我却毫无留恋地离去了，空留下狼藉遍地。

但是又能怎么办呢？人啊，感情啊，世界啊，都充满玄机，又有谁能看透它们呢？我们所热爱的，所憎恨的，也许只是一朵虚假的苹果花吧。我们曾拥有的，曾错失的，也许只能留在纸背上吧。

6

我终于和你回到了布尔津。一路上，我们匆匆忙忙，像两粒赶路的沙子，也许是一粒。但是说真的，其实到这里，一切都该结束了，不管是你还是我，都该绝望地感到满足了。在此之前，我们大概都有些或多或少的不相信，总想在生命的浪花中触摸到另一种可能性，但你也看到了，我们的结局是如此痛痕累累，伤敌一千，自损八百。

在我们再次走向红色屋顶时，一阵熟悉又陌生的风也赶来了，它从我们的左手边匆匆掠过，刮尽浮尘，使天空露出了原有的底色。

在风里，或者说在天空里，我们一前一后地走着。这一刻，我们是相同的，都是一个永远失去爱人的笨蛋，都是一粒努力返回归途的沙子。谁知道呢。

隔壁的
女孩儿

隔壁的女孩儿

　　住在我隔壁的女孩儿姓樊，南方人，年龄与我相仿，是个文静又文艺的姑娘。她大学里修的专业是美术，目前在国贸的一家设计公司里实习，单身，独居。以上，是我对隔壁女孩儿的所有了解，而这些信息，尽皆是通过暖气管道和我的耳朵得来的。

　　你知道，像我住的这种廉价出租屋，在建造之初就压根儿没把隔音这个功能考虑进去。所以，夜深人静之时，我们只要将耳朵贴在暖气管道上，就可以把隔壁房间的声音听得一清二楚。我大约在一个月前发现了这个秘密，并且坚持不懈地对隔壁女孩儿的私生活进行偷听，我深知此种行为是卑劣和无耻的，但我依旧无法控制自己的好奇心。我慢慢习惯了一到夜晚就将耳朵靠在暖气那里，然后屏住呼吸，偷听墙壁那一边的声音，听隔壁电视中的广告，听隔壁女孩儿电话中的诉说，里面有她每天的见闻、经历。这是一种很奇妙的感觉，我觉得自己像个隐形人似的，无声无息地观察另一个人的生活，神不知，鬼不觉。

长时间的偷听让我对她的生活了如指掌，我知道她的同学不久前结婚生子，知道她老家的邻居出了意外，知道她新开的画儿没画好，知道她又被画廊的经理坑了很多钱。甚至，我连她的大姨妈哪天来哪天走都一清二楚。不过，我却不知她完整的名字，没有同她讲过一句话。从这一方面来看，我对她又是一无所知的。这就像是在玩一个单机游戏，我既无法控制剧情走向，又没有其他玩家可以交流。我孤身一人，有点寂寞，不过倒也乐在其中。

上次她跟朋友打电话，说你知道吗，名字里第二个字是拼音 x 开头的男人都是大帅哥。我听了暗自好笑，心说高晓松要是听到你这么说，肯定能高兴死。而后又想了想，假如我的邻居不是她这样的漂亮姑娘，而是像高晓松那样的壮汉，我还会不会有兴趣来扒着暖气管子偷听呢。经过一番仔细地思考，我想就算是付钱给我，我都会义正词严地拒绝。

不得不说，我的这个邻居长得确实挺漂亮，明眸皓齿，长发飘飘，身材高挑，皮肤白皙，嗓音甜美。不然的话，我也不会日复一日地去扒暖气管儿了。

嗯，简单来说，这位住在我隔壁的女孩儿，用了大约一个月的时间无声无息地征服了我。当然，与一见钟情那种哄小孩儿的狗血桥段不同，我对樊姑娘的爱慕是通过隔墙有耳这种猥琐又浪漫的方式产生的。我通过她讲电话来了解她的生活，捕捉她的喜好。

我仔细问过自己，是否真的对樊姑娘动了感情，毕竟我和她并无交集。于是我试图停止对她的偷听，但是我失败了，将耳朵脱离暖气管道的我，无可避免地失眠了。我脑海中疯狂地响起她讲电话，哼流行歌儿的声音。于是我穿着短裤，趿拉着鞋子从她紧闭的房门前反复经过。那感觉，就像一只热铁皮屋顶上的，呃，野猪……

在确定了对樊姑娘那炙热如火的感情后，我陷入了深深的苦恼，毕竟，我这颗心脏的年龄虽大，但未经世事，青涩如初。

我这个人一向古板，从不敢向心仪的女孩儿主动搭讪。刨除我天生性格胆小懦弱这个原因外，还有一点便是我认为向陌生女孩儿搭讪是种非常没有礼貌且自断后路的行为。你想，如果因你唐突冒失地搭讪，导致女孩儿对你印象极差，你岂不是再无机会了？别跟我扯什么死皮赖脸、软磨硬泡即可获取女孩儿芳心这种鬼话，那都是写小说的家伙们编出来骗人骗钱骗感情的。

死党老吴对我的观点不屑一顾，他只用了两个字来回复我，他说，扯淡。

老吴自诩情圣，自认为这世界上没有他泡不到的姑娘，他曾吹牛逼说只要他想，哪怕是范冰冰他也能搞到手。此刻，老吴就坐在我面前，一边嚼着回锅肉，一边对我进行恋爱学教育。

他说，沈铭你太天真了，这都什么时代了，只有傻逼才把姑娘们想成一个个冰清玉洁的天使，哪怕是神仙姐姐王语嫣，也还有个慕容复当前男友呢。而且你再看看现在的姑娘，跟她说两句好听的话哄哄，你就是她的好朋友，请她看几场电影送个礼物，你就是她的准男友，再玩几个心形蜡烛公开表白什么的庸俗把戏，你就一准儿变成她的白马王子了。

我说，老吴啊，你是情圣，我自然不敢质疑你，但你能告诉我为什么你还是单身吗？

老吴不假思索地说，很简单啊，你以为一个白马王子就能满足姑娘了吗？不，现在的姑娘都会玩着呢，一个个看韩剧看傻了，要是不谈个三角四角七角八角的恋爱，出门走路都不好意思抬着脸。

我告诉老吴，我觉得自己对住在隔壁的女孩儿有点意思。老吴听完就乐了，他十分郑重地说，沈铭同志，我只能告诉你情场如战场，你吴哥我把自己的恋爱经验进行了总结和整理，并且与毛主席的战略思想相结合。现在你既然决定脱单，做兄弟的自然本着伟大的共产主义精神对你进行友好帮扶，这样，多了不跟你要，五百块，我把自己所有的经验无私地分享给你，成不成？

能不能严肃点儿？我说，早知道你丫是这态度，我就不告诉你了。

我 ×，我这还不严肃？压棺材板儿的东西都要教你了。

赶紧给我滚粗！我怒道。

老吴摆摆手，得得得，其实我真的挺严肃，要是你真想成，那就得主动出击！当然，也不能急于求成，盲目作战，一定要记住在等待机会的同时自己去制造机会，哎，伺机而动，一击必中！哥们儿先预祝你能够取得此场脱单大战的最终胜利，拜拜了您呐。

老吴说完便起身打着饱嗝儿走了，将结账买单的事情留给了我。

樊姑娘搬来至今，已然两月有余。这两个月里，作为邻居的我们，一向是抬头不见低头见，早晨不见那就晚上见。但我却始终没有与她进行实际的、语言上的交流，我们只是在院子里遇到了，就互相点点头以示问候。其实我也挺无奈，不知道为什么，每次白天见了她，我总会不由自主地摆出一张"我很忙，我不想理你"的臭脸。可一到了晚上，我又屁颠儿屁颠儿像个变态似的去扒暖气管儿……我讨厌这样。

不过说起来，自从经过老吴一番连吹带侃的忽悠，我倒是真的萌生了做点什么的冲动。回想着学生时代里那一场又一场无疾而终的单恋，我一面擦着悔恨的泪水，一面决定按老吴所说的，主动出击。

耳机里的许飞这样唱道：我设计一万种方式来遇见你，从清晨最早那班车开始。

这歌儿真是给予了我无限的想象与灵感。于是，我也一番梳妆，精神抖擞地挤上了樊姑娘上班时必坐的公交。在我的想象中，樊姑娘在公交上与我偶遇，然后我俩各自会心一笑，接着落落大方地彼此做着自我介绍。可实际上，我并未等到会心一笑，我只等来了会心一击。樊姑娘她一上车，就娴熟地落座，歪头，闭眼，然后一路香甜地睡到了终点站，自始至终也没有注意到她可爱的邻居。

自从有了主动出击这一明确目标，我对樊姑娘愈发地关注起来，具体体现在每天我都会按时按点地把耳朵贴在暖气上。我有时甚至会想，除了新闻联播，还能有谁能比我更加雷打不动？要是当年的谍报人员也能似我一般兢兢业业，二战起码能提早两年结束。

功夫不负有心人，在第57个偷听之夜，我成功地得到一个重要讯息——樊姑娘的几幅画儿要在附近一个画馆里参与展出，届时她会去那里帮忙。

老吴说过，一场可歌可泣的偶遇是奠定爱情大楼的重要基石。于是画展开始那天，我准时出现在了画馆里。

当我在几个展厅中装模作样地逛了几个来回后，我终于看到了樊姑娘。默默地为自己一番鼓劲儿之后，我忐忑不安地迎了上去："哎哟，好巧，你在这里工作？"

这个开场白我练习了无数次，而且开场白的用词也是极其考究的。首先，这个"哎哟"，表达出浓浓的惊讶之情。"好巧"，则点出我和她相识但不相熟的关系，且不经意间拉近了距离感。最后一句"你在这里上班吗"，则默默地透露着我对你毫不了解这一信息，希望你能主动自我介绍一番。一切的一切，都在暗示、提醒、铺垫、渲染着，我和樊姑娘的偶遇！

樊姑娘看到我后，轻轻一笑："不是，就是过来帮着照看一下，我在国贸那边做设计工作的。"

我心下一喜，好好好，樊姑娘的回答正是我提前预想到的三种回答之一，这便好办了。我稳定心神，按部就班地将偶遇继续下去。

"嗯，原来你是设计师，那你来这里是帮朋友看场子？"

就这样，我俩一问一答，气氛简单又融洽。很快，樊姑娘便带着我去欣赏她的画作了。

当樊姑娘略带羞涩地指着几幅油画说这就是她的作品时，我一边赞叹一边赶紧往作品简介那里瞄。那里写着，作者：樊洁。

我心里一边叨念着樊洁这个名字，一边嘴里不停地夸她画得好。

"画得好? 那你能说说好在哪儿不。"樊洁笑着问我。

"呃……怎么说呢,你看,你这布朗族的少女就画得很漂亮。"我说。

"哈哈,这可不是布朗族的,这是景颇族。"樊洁笑着说。

"呃,少数民族这东西我不懂,但是我却看得懂你画得好,你看,你画得多逼真,离远了看跟照片儿似的。你再看看那边儿挂着的那幅,各种颜色横一笔竖一笔地往上涂,人体比例都是错的,多寒碜。"

"不一样,你说的那幅,是副馆长画的,人家是大师,艺术着呢。"

"快算了吧,我是不懂画,但是我觉得这东西跟诗歌一样,现在网上不是流行废话体? 非把一个长句子拆分再拆分。要是强行说那玩意儿是诗,我倒懒得去辩驳,不过非说那是艺术,那我还真就不能苟同了。"

我跟樊洁天南海北地闲扯了半天,发现她很喜欢挑我话里话外的一些小毛病,索性故意装傻,时不时犯一些错误给她抓。别说,这招儿还挺灵,她被逗得一愣一愣,很快,我就顺理成章地和她交换了联系方式。

出了画馆,我心满意足地往回走,开开心心哼着小曲儿,原来搭讪这种事情,也是很简单的嘛。

路上的我掏出手机在朋友圈儿发了条状态:拨云揽顾

兔，青鸟渡凉风。

过了一会儿，手机震动，我看一眼，竟然是樊洁给我点赞，还评论问我说，谁的诗啊，没读过。我回复她，我写着玩瞎闹的，见笑见笑。

曾几何时，我和樊姑娘在院子里遇到也仅仅是礼貌性地点点头表示问候，并无言语。而如今，一场美妙的邂逅让我和她从见面问候的点头之交，升级成了朋友圈儿的点赞之交，我不禁心花怒放。

我一面暗自开心，一面儿给老吴发了短信：初步作战顺利，感谢组织栽培。

老吴也很快回复了我：佳绩可勉，望保持，另注，沈君勿松懈，一鼓作气，争取最终胜利！切记，切记。

经历了画展上的美妙"邂逅"，我对待樊洁的态度理所应当地变得自然起来，所谓一回生二回熟嘛。如今见到樊洁，我已不再是最初那副冰冷的样子，而是一副雷锋心肠的中国好邻居模样。

老吴说，沈君你的这一微小改变，看似是个人改变迈出的一小步，实则是单身狗脱单迈出的一大步。此时的你应当乘胜追击，创造更多的机会。

事与愿违，樊洁最近好像遇到了点儿麻烦，我最近几天晚上偷听的时候，总能听到她跟她的闺蜜煲电话粥抱怨，后来细细一听才得知，她公司里有个小青年正在追她。

嘿，我这才刚刚动手，就出现了一个情敌，这可不是什么好事儿。按照樊洁的描述，追她的这人染着一头黄色头发，我将其称为小黄毛。

我想，小黄毛这家伙能和我相中同一个姑娘，可见他的审美能力还是优于常人的。只是，现在并非英雄惜英雄的时候，这小子敢跟我抢妹子，我又岂能放过他？哼，这家伙，势必要被我从樊洁的世界中赶出去。

我私下仔细分析推导了一番，这年头还染着一头纯黄头发的，一定是个非主流。那么，与小黄毛情场作战的行动就称之为"扫黄打非"好了。

老吴得知我遭遇情敌的消息后，立刻赶来与我见面。他郑重表示，小黄毛抢我的女人，就是抢他老吴的女人，他是决计不能忍的。虽说老吴一番好心，但我还是忍不住狠狠地踹了他一脚。

很快，我和老吴在酒桌上进行了一番仔细的敌我实力对比，最终结论如下：

一、黄毛的优势：美院出身的高才生，有才多金，且和樊洁是同事，可以每天见面，进行死缠烂打式追求。

二、我的优势：无。

老吴一脸悲哀地看着我，眼神仿佛在说，爷们儿，你没戏了。

我思考半天，一拍大腿，说道，我有优势，我的优势就是樊洁不喜欢小黄毛。

老吴看我一眼，张了张嘴，淡淡地说了一句，是啊，可是樊洁也不喜欢你呀。

你丫真不是东西，你真的是来给我帮忙的吗？你确定你不是小黄毛搬来的救兵？我质问老吴。

不，其实我是想说，你这样的情况，的确是有些不好办，不如你直接去找樊洁摊牌吧。老吴说。

放屁，我怎么摊牌，难道要跟她说：樊洁啊樊洁，我老喜欢你了，都已经私下偷听你夜间生活两个多月了。

我愤怒地赶跑了老吴，独自一人跑到天桥上吹风。

说来也是巧，我在天桥上呆了一会儿，正好遇到樊洁。她推着一辆掉了链子的自行车，脸上红扑扑的，全是汗珠。

"你在这儿干嘛呐？"她问我。

"思考人生中的苦与乐。"我说。

樊洁没搭理我这话茬儿，气鼓鼓地说："我今天特生气，为了出行方便，就买了辆旧自行车，结果骑一会儿就坏，骑一会儿就坏。我跑去修车，结果人家师傅说我被骗了，这车这儿坏那坏儿，基本上没什么能用的件儿，就是被人重新漆了一下，拿出来骗人。"

我看了看她的车，发现她的确被人坑惨了，这车连修都不值当的，就差卖废铁了。我用极惋惜的口吻对她说："在北京城，切记不要随便地贪图小便宜，以后有什么需要帮助的，记得找我！"

樊洁听见我这么说，接口问我："怎么，沈老师能帮我忙？"

我立刻大言不惭道："开玩笑！你沈老师小学那会儿也是宋庄一霸啊！这等小事儿岂能难倒我？我有的是做这方面生意的哥们弟兄，你瞧着，过两天就给你弄辆自行车界的兰博基尼，但只收你奥拓的价儿。"

"得了得了，你这么说我就放心了。那我就等着我的兰博基尼了。那我现在这坏车你也帮我处理了呗？"樊洁笑靥如花地问我。

我又拍着胸脯向她打保证："你交给我好了，我帮你把它处理掉，绝对超值，卫生，环保。"

接下来的几日，我便开始为樊洁自行车的事情奔波。其实我哪里有什么卖自行车的朋友，只是为了在她面前表现一下自己而信口胡诌罢了。不过，既然在心仪女孩儿面前吹下了牛逼，那么不管再困难，也必须得克服地心引力，让它飞起来。

最终的结果就是我在交易市场转了几天后，花了八百块买了辆红色的新车，款式不错，也挺轻巧。

"来来来，瞅瞅你的新座驾。"我推着新车招呼樊洁。

樊洁的表情告诉我，她对这辆车还是很满意的。"你这是二手车？不可能吧，我觉着像个新的啊。"

"啊，这个啊，说实话我朋友跟我说这是旧车的时候，我也不信。但没着啊，它还真就是二手的，九成九新，才两百块，不信你瞅瞅收据。"我一边说一边掏兜儿，"哎？发票呢？哎？找不着了……我去，准是跟他说话的时候忘他那儿了，这么着，有空我给拿来。"

"算啦，算啦。"樊洁摆摆手，"我要那玩意儿也没什么用，又没地儿报销，你给我我也是扔了，就别管啦。"

她推着车在前边儿走，我在后边儿默默跟着，走着走着，她忽然回头看我一眼，开口说道："帮我这么大忙，我请你吃顿饭不过分吧。"

"嘿嘿嘿，小事一桩，何须道谢。呃，不过姑娘你有此诚意，我也不敢辜负，就恭敬不如从命啦。"

"哎呀，沈老师你也别太勉强，你要实在不方便出来吃饭，我可以改写感谢信。"

"别，方便，太方便了……"

没有什么地方的约会能够比餐桌更为美妙。

那天，在进行了一个多小时的双人晚餐后，我单方面认为，我和樊洁之间的关系，进一步拉近了。

"你是宋庄本地人？上次你说你小学都是在这儿上的。"樊洁问我。

"嗨，哪儿跟哪儿啊，那是跟你闹着玩呢。"

我在宋庄待了两三年，对其了解自然远远超过樊洁，于是我们两人聊天的话题，就从宋庄这片土地开始了。

通州有两条河，一条叫温榆，一条叫潮白，这两条河颇有来头，据说是京杭大运河的源流。我和樊洁居住的宋庄，就在这两条河之间，如果你闲得蛋疼，到网上搜索宋庄的话，会发现宋庄前面有个别称，叫画家村。

"如果仅以一个过路游客的目光来看的话，宋庄这儿还算是有艺术气息的。"我说。

"嗯，我看到了，灰蒙蒙的天空，道路两边形形色色的人，都背着大画板大画架，手里拎着颜料箱。衣服上、手上、脸上都沾着五颜六色的彩色颜料。看到他们，总能想起我上学那会儿，也是这样，画素描画的呀，哎呦整个手这一片，全是黑的。真的，洗都洗不干净。"樊洁说着，举着手臂指给我看。

"嗯，我觉得你们画画儿的，都挺了不起的，哎，对，就是你这样儿的，你看，连吃菜的姿势都有艺术家的范儿。"

"哈哈哈，别闹，说实话我挺纳闷儿的，你也不搞美术这方面儿东西，怎么就跑宋庄来了？"

樊洁这样一问，我顿时有些尴尬。为什么来宋庄？因为百度上说，燕郊宋庄这边儿房租很便宜呀。可是，我又怎能这样回答人家姑娘呢。

于是我略一沉吟，答道："呃，怎么说呢，宋庄，我算是慕名而来吧。呃，其实我个人是很喜欢艺术的。嗯，我喜欢艺术。"

"啊，看出来了，那次画展你不就去参观了吗，要说没兴趣，谁去看那个啊。"

"是是是，就是因为喜欢啊，所以才屁颠儿屁颠儿去呢。"我一面说，一面满含深情望向桌上的红烧鱼。其实我是想望向樊洁的，但最终还是没敢。

"来来来，吃吃吃！"樊洁招呼着，给我夹了一大块儿鱼肉。

我想起我最初到达宋庄的那时候，看到街道两旁的店铺清一色的全是画具坊和画廊。拐进一个小巷子，看到了满墙的涂鸦，生动又有趣。我闻到了空气中浓浓的颜料味儿，我甚至在想，这里的画家们，是不是连炒菜做饭都用丙烯和调色油。我又忽然开始想樊洁来宋庄的原因，当然，她和我是不一样的，她一定是冲着艺术来的。她搬来的时候，我看到她正举着画架吭哧吭哧爬楼梯，当时她大汗淋漓却小心翼翼的清瘦模样，便已经让我觉得她是一个特才华特艺术的姑娘。

我这些天忙着给樊洁买车，情敌小黄毛也没闲着，他想约樊洁在周末的时候出去看电影。这件事让我嗅到了危险气息，因为樊洁并未拒绝他的请求。

原本我和小黄毛各自为营，两不相侵。可如今他突然进攻，着实令我为难，樊洁答应了他，我只能干看着，并不能阻拦。

无奈之下，我给老吴通了电话。

老吴说，小黄毛的这次行动目的性十分明确，他和你沈

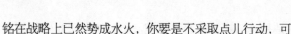

铭在战略上已然势成水火，你要是不采取点儿行动，可就落后于人了。

话是如此，可我能如何呢？

老吴思考一番说，你必须得知道如今樊洁对小黄毛究竟是什么态度，才能准备接下来如何对症下药，这样，你也在同一时间约她看电影，看她跟谁去。

于是我敲响了樊洁的门。

"怎么啦，有事啊。"她站在门后笑眯眯地看着我。

"当然，上次你不是请我吃饭了吗，我觉得应该请回来。"

"嗨，何必呐，你帮我买车，我请吃你东西表示感谢，用不着你回请。"

"那不行，这事关一个男人的尊严，你无论如何得答应。这么着，我请你看电影，这周末，行不行？"

樊洁看着我想了一会儿，忽然笑道："这周末我本来也是要和同事去看电影的，既然你说了，那就一起去吧，更好，人多，热闹。"

于是周末这天，我和樊洁一起到了国贸旁边的百丽宫。

在那里，我首次见到了我的情敌小黄毛。不得不说，这货还真是一个非主流，染黄发就算了，居然还是寸头。我是真想不通这小子在美院究竟接受了怎样的艺术熏陶，才让他有勇气把自己的脑袋捯饬成一颗费列罗。行为艺术？倒别说，看了他这个行为，我还真觉着自己挺艺术。

　　小黄毛看到我的出现后倍感意外，他惊讶的眼神告诉我，樊洁并未通知他自己会带着另一个男人来赴约。这说明什么，这说明樊洁根本不在意小黄毛！想到这一层，我真是万分得意。

　　当我们三人一同走进影厅，并且坐下时，我注意到了小黄毛那如同痔疮发作了一般的表情，心中暗爽不已。

　　说起来，小黄毛倒也是个心机男，他挑片子挑了个《黄金时代》。要知道，这种文艺范儿十足的传记片子，用脚后跟想也知道是少有受众。如此一来，他选择这部电影的意图也就很明显了，他想和樊洁看一场二人世界的电影！可惜，人算不如天算，樊洁的左手边多出一个我，我看着小黄毛幽怨的眼神，更觉心情舒畅。

　　我仗着自己对女导演许鞍华和女作家萧红都小有了解，又在电影开场前对着樊洁卖弄了一番才学。窃认为，我这番行为在提升自己个人形象的同时，也对小黄毛造成了亿万吨伤害。

　　电影放映期间，看着小黄毛一言不发，频频掏手机看时间的样子，我不禁唏嘘不已，年轻人呀年轻人，果然如此抵不过这社会的残酷吗？

　　电影一结束，小黄毛借故匆匆离去。我看着他离去的背影，又看看身边的樊洁，心下又是一番感慨，果然情场如战场。

宋庄在北京算是偏僻地，通往外界的交通工具只有两路由宋庄到国贸之间的公交。而这两路公交呢，足足拥有两小时的车程！如此条件，我若是不加以利用，天理难容！

　　我轻轻松松就摸清了樊洁下班的时间，在以后的日子里，我时不时就会跑到国贸车站去等她，同她一起坐车回去。

　　慢慢地几个月过去了，樊洁也习惯了我在车站等她。有时她会在下班时给我发短信，沈老师你在吗。

　　我回复她，哎呦呦，太巧了太巧了，恰好路过。

　　然后，樊洁便捧着两杯奶茶一路小跑出现了。

　　樊洁在设计公司里实习，收入并不高。于是她在宋庄找了个兼职，在一家画室里当速写老师。这份工作蛮清闲，只要在每天晚上七点到九点的时候到画室去一趟，然后给学生们作几张范画，再略作指点即可。

　　樊洁最初得到这份工作的时候还是很开心的，可还没上几天课就不去了。

　　这天碰到她在院子里洗画具，我就过去问她："速写老师，没去教训学生啊。"

　　"能力有限，被辞退啦。"她一边说一边递给我一把画笔，"替我甩下水。"

　　我接过画笔，挥着胳膊唰唰地甩着，然后问："咋啦？不是教得挺好。"

　　"好什么呀，那画室教学特别有针对性，分俩儿班，一个清华班，一个央美班。呵呵，要求老师的教学内容必须符合清华央美的应试风格。"樊洁说着，语气有点儿气。

"能理解，就跟高考作文似的。"我把画笔放到一边儿架子上，继续看着她刷颜料盒。

"真替那些学生惋惜，你说，学个艺术，结果学的这么目的性，太悲哀了。"她说着话，又递过来一个调色盘和一块儿海绵。"你别闲着，把这个帮姐姐刷咯。"

"话不能这么说，他们学画画本来就是为了考大学，真心喜欢画画的有几个？等他们真的考上美院，就不用这样了。"我一面闷头刷调色盘，一面安慰她。

"你没在美院里待过，你不知道，其实大学也就是那么回事儿。本来你说，画画是多自由的事儿啊，不就应该让学生们自由创作吗？可学校怎么弄的，用分数把艺术给分了等级，什么是好，什么是坏，分得清清楚楚。"樊洁说着，隐约气愤起来，"你知道吧，人家说起我们这些科班出身的，管我们叫学院派，多讽刺啊。"

"嗨，要是每个人都能搞艺术，那满大街上岂不都是艺术家了？"我说着话，用手蹭了蹭调色盘上一块黄颜料，往她鼻尖儿上一抹，"来，给你盖个章儿。"

"就是生气，看新闻了吗，大街上有个流浪汉，用脚在地上画蒙娜丽莎。你说，都是画画，凭什么有的人住在殿堂里，有的人在外面流浪。"她也不甘示弱，几根手指伸进颜料盒儿里抠了抠，完了狠狠地给我揉了个大花脸。

"都这样，这年头儿搞艺术的，能自己独守清白就不容易了，哪能指望别人都能出淤泥而不染呢。"

"没辙。"樊洁说着，又用手在我脸上抹了抹，"不说这个了，沈老师你快洗洗脸，然后请我去老四那家店里吃肉，文艺青年的心被现实所伤，唯有大快朵颐才能抚慰。"

"吃肉可以呀，但是你得抽空跟我去游乐园玩一趟，这年头儿没个姑娘陪着，我都不好意思去游乐园，怕被保安给轰出来。"

"没问题，没问题。"樊洁说着，然后拿着调色盒，拎着涮笔筒咚咚咚上了楼梯，边走还边喊，"剩下的你帮我拿上来，有工资的。"

约樊洁去游乐园这事儿，是老吴在几天前就向我建议的。当时我告诉他，我和樊洁的关系已经非常熟络，她甚至会在和朋友打电话时提起我。

老吴说，看不出来啊沈铭，白痴如你居然也离脱单不远了。

我有点儿不信，真的?

当然真的了，我告诉你啊，你们俩儿，绝对是板上钉钉了。改天你找个机会，跟她表白，真的，要是你俩成不了，我光着身子去前门广场上表演吞粪，行不。

老吴信誓旦旦的保证让我意有所动，我也觉得时机已到，是时候向樊洁吐露一下心声了。

地点定在了八角游乐园，除了我和樊洁之外，老吴也带着一个姑娘手挽着手出现在了那里。

老吴把我扯到一边儿，低声说，我来这里有两件事，一来呢，我要瞅瞅我这弟媳啥模样。二来是鼓励你来了，因为我知道你小子肯定没胆儿把该说的东西说出口。妈的，你自己说说，像我这么伟大的哥们在北京城里还找得出第二位吗？

我没搭理他，只是给樊洁简单介绍了一下："那个，贼眉鼠眼儿那个，是老吴，这个，挺漂亮的，我也不认识，估计是老吴骗来的单纯少女。"

"去去去，谁贼眉鼠眼了，谁欺骗少女了。"老吴在一边儿嚷嚷。

"哈哈，我觉得人家说得很对呀，我本来就是被你骗来的。"女孩儿挺外向，笑着跟我们打招呼，"我叫邱雯雯，老吴的朋友，沈哥好，嫂子好。"

单冲邱雯雯一句嫂子好，我就对她好感度飙升。樊洁听到她叫嫂子，并未理会，笑了笑然后也冲她打了个招呼。

游乐园第一站，我们选择了摩天轮。排到队后，老吴表示这摩天轮的座舱太小了，四个人有点挤，不如分开坐吧。

老吴的想法我岂会不知？他是想和邱雯雯单独待一会儿，不过也正合我意，我也愿意和樊洁单独坐摩天轮。

就在我想着能和樊洁一起坐摩天轮，美得咧着嘴儿傻笑，并且心里默默给老吴点赞之时，邱雯雯说话了，她说："好呀，分开坐吧，樊洁姐和我一起，你们俩男人一起。"

我还没来得及说话，抬眼一看，她俩已经手拉手钻进座舱了。无奈，我只能和老吴钻进另外一个蓝色的座舱。对邱雯雯最初的好感瞬间被我遗忘得一干二净，我质问老吴，能不能管好你的妞儿，太他妈不懂事儿了。

老吴也很气愤，表示回去一定狠狠地收拾她一顿。

老吴和我幽怨着向四周张望，往地上看吧，全是些游乐设施和人群，没啥意思。一抬头，正看见前边座舱里，樊洁和邱雯雯笑靥如花地比着剪刀手自拍呢。

摩天轮慢慢地旋转着，到了最高点再往低处转的时候，我便看不到前面的座舱了。于是我和老吴只好回头看后面的座舱。这一看倒不要紧，竟然是两个中学生在拥吻。

"你看看，你看看，才多大，就这么抱着脑袋互相啃，真是世风日下啊，世风日下！"老吴恨恨地说道。

正拥吻的中学生也看到了我们在看他们，女的回过头不好意思看我们，男的倒是挺有脾气，毫不客气地对我们竖起了中指，嘴巴还动了动，看嘴型像是在说我们是死基佬。

"妈的，气死我了。"老吴一边骂着，一边转过了头，他又发现自己实在无处可看，只好瞪着眼瞅着我。

"你滚蛋，看着我干嘛，想把我当成邱雯雯？"

"去死吧，你以为老子乐意看你？是老子恐高，只能看你的脸来保持冷静。"

我和老吴忿忿不平地出了座舱，倒是邱雯雯和樊洁看起来挺开心。

接下来玩得虽然都很有意思，但邱雯雯一直拉着樊洁走来走去，我也没什么机会做什么，只能愤怒地望着老吴。

在回家的地铁上，樊洁和我聊天："怎么样啊，沈老师，玩得开心不开心。"

"咳咳，不算开心，邱雯雯把你抢走了，我都没机会跟你玩，只能跟老吴一起，我俩打气球的时候，路人看我们的眼神像看同性恋……"我有气无力地说着。

"哈哈哈，邱雯雯这人挺好的。"然后樊洁就不说话了，低头自顾自地玩手机。

我也掏出手机，装模作样按了几下，有点儿心不在焉。最后，我给她发过去一条消息：大画家，累不累？

我看着她点开消息，抬头看我一眼，没说话，只是手指快速动了几下，给我回复了一条：还好。

她这样，倒让我手足无措起来。沉默半晌，便又开始给她发消息：你右边，第五个那里，有个空座位，快去坐。

樊洁抬头瞥一眼，也没什么动作，又快速回复了我：只有一个座，不去，陪你站着。

地铁窗外一片漆黑，车玻璃被映衬得像一面不太清晰的镜子，我看到樊洁的身影映在里面，瘦瘦的身子随着高速行驶的地铁而轻微晃动。我贪婪地看着，看着镜中樊洁皱起的衣角和整齐的头发。

车速逐渐减慢，一盏一盏小灯从隧道的墙壁上出现，玻璃镜中的人影慢慢变淡，最后消失不见，取而代之的是明亮的站台和候车人群。旁边的乘客到站下车，樊洁拉着我坐在了那里。我刚刚坐好，就被她揽住了胳膊，然后我感觉她的头靠在了我的肩膀上，她轻轻说，我有点困，睡会儿。

我心仪的女孩儿，我绞尽脑汁想要接近的女孩儿，就这样突然间靠在了我的肩膀上，而且是那么随意、自然，没有任何突兀的痕迹。我的呼吸都在瞬间变得小心翼翼，紧绷着身体一动也不敢动，就这样被她安静地靠着……

我们一路挽着手臂，直至返回到住处，她才若无其事地松开手，熟练地打开自己的房门，走了进去，并在关门前再正常不过地对我说了一句晚安。

我躺在床上，久久不能平静，内心情绪复杂难安。回想起今天发生的一切，回想着她轻柔地靠着我，双手紧挽着我胳膊的场景。我开始纠结，开始揣测，其实樊洁她，只是因为玩累了才做出那样的举动吧。这样想着，我有点儿悲伤。

良久，我慢慢地起身，像往常一样，将耳朵贴在了暖气管道上。好安静，出奇的安静，没有一丁点儿声音。

突然，手机震动突兀地响起，我拿起来看了一眼，是樊洁发来的消息，她说：沈老师，你没有跟我说晚安。

刹那间心跳加速，我立刻回复她：何止是没有说晚安啊，看你太累了，我有好多事儿没跟你说。

什么事儿。

嗯，是这样的，我做梦来着，梦见你成了我女朋友。

是吗？沈老师你没翻翻《周公解梦》？

翻什么呀，我直接问你不就得了，樊姑娘，你能不能当我女朋友。我鼓起勇气，将这条消息发了过去。

半天没有回应，我怅然若失。就在我愣愣地望着天花板时，震动声再次响起。我赶忙拿起手机，点开消息，上面写着：17号，还有五天，我就回老家了。

没有拒绝，但和拒绝又有什么区别呢？我没有回复，痛苦地闭上眼。

突然，暖气管儿响起了一阵富有节奏的敲击声。我仔细听了一会儿，开始进行回复性地敲击。

然后我就听到了樊洁的声音，她说："沈铭，你能听到我说话嘛。"

我连忙回答："可以，可以的。"

"聊会儿天？"她问。

"聊！"我答。

"你为什么来宋庄？而且还不走了。"她又问，而后补充了一句，"说实话！"

"来宋庄是因为房租便宜，不走了是因为邻居有趣。"我答。

樊洁沉默了几秒，突然笑起来："沈铭。"

"嗯？"

"谢谢你啊。"

"谢什么?"

"谢你帮我买自行车啊。"

"这是小事儿,而且你已经谢过了,怎么又谢一遍。"

"多谢几遍才显得有诚意。"

"哎,小事儿,举手之劳罢了。"

"沈铭,我又不是傻子,那辆自行车你自己掏了不少钱吧。"

我没说话,樊洁接着说:"我从一开始就知道啊,所以我才要请你吃饭,当作补偿。"

我继续沉默。

"沈铭,你是不是每天晚上偷听我打电话?是不是,是不是,是不是。别问我为什么知道,因为我也偷听过你的声音啊。但是你真安静,一点儿声音也不出,你怎么这么老实?"

"我从小就是乖宝宝。"我说。

"胡说,你要是乖,为什么不早点儿跟我表白,现在我都要走了,你跑过来说你喜欢我,这不难为人吗?"樊洁的声音突然变得急促,甚至带着哽咽。

"嗨,这个啊,我这不是预料到了你得回老家创业嘛,所以一直忍着不说,这不,今天没忍住,怪我怪我。"我说。

"不怪你怪谁?看看你笨得吧,今天我要是不先给你发短信,你是不是什么都不说,第二天起来给我接着装没事儿人。"

我挠挠头，接不上话。

"你看看你，又不说话了。"樊洁说。

"不是，我这是在思考，你要回家，我要表白，这怎么办啊。"

"你说怎么办？"樊洁声音突然变大了，吓了我一跳。

"要不，异地恋？"我问。

樊洁突然笑了，笑了一会儿说道："沈铭你真不要脸，睡觉，睡觉。"

"哎，别睡，别睡，再聊会儿。"我赶紧说。

"已经睡着啦，要说你自己说。"暖气管道里传来她的声音。

"嗯，那个，你回家了以后呢，就老老实实工作吧，要是真想搞艺术，也在家搞，别出去乱跑，万一你成了在外流浪的艺术家，我可就没地儿找你去了。"

隔壁再无任何声音传来，我说了一句晚安，然后轻轻地松了一口气，喜笑颜开地躺下。

五天后，我在南站送走了樊洁。

此后，我一人在宋庄居住，直至深冬。我的隔壁没有了樊洁，但也始终没有新住户搬进去，至于趴在暖气管儿上偷听这事儿，没有必要进行了。

维系我和樊洁的纽带是短信和电话，今天，我又收到了她的短信，她说：沈铭，不好意思，我不想继续异地恋了。

我回复她：好巧，我也不想了，我打算去你的城市打工，你看如何？

很快她就回复了：不必，我这边儿不欢迎你。哦，对了，抽空给姐姐我把房间打扫干净，年后我要回宋庄搞艺术。

没法打扫，隔壁有新住户，要不你将就一下，跟我挤一间屋子吧。

滚滚滚，老实交代，新邻居男的女的，你有没有偷听。

不知道啊，我一会儿偷听一下，听到了再告诉你。

放下手机的我笑了笑，又一次将耳朵靠近那一截熟悉的暖气管道，只是没想到，我被烧得滚烫的暖气烫疼了耳朵。

夜很安静，就像那天我和樊洁互道晚安之后一样。

咬春

咬春

咬春，就是在立春这天吃春饼。妈妈说这句话时，万小青正在走神。

她原本在帮妈妈给春饼和菜，但妈妈忽然要她出去买萝卜，说什么萝卜赛梨，又说咬得草根断，则百事可做。总之，今天是必须要吃一点萝卜了。

万小青当然不喜欢吃萝卜，像她这样年纪的孩子，有几个爱吃萝卜的，那种又腥又涩的味道，多惹人嫌呀。但万小青从不排斥吃萝卜，一是因为她听话，妈妈说要吃，她就会吃，二是因为隔壁哥哥说过，萝卜强身健体，吃多了就不会生病，不生病就讨人喜欢。万小青想让隔壁哥哥喜欢自己，便很努力地去吃了，红萝卜、白萝卜、青萝卜……她都要吃，并吃得津津有味。他大概是有魔法吧。万小青这样想道。

一直以来，万小青都是一个好孩子，她成绩好，人也乖，说话轻声细气，总能帮大人做许多家务。别人都说，万小青呀，简直打一生下来就不知道什么叫"坏"。可万小青自己不这样觉得，她不仅知道什么是坏，甚至还很想去做一些坏事。比如她想和隔壁哥哥一起逃课，一起夜不归宿，到游戏厅里去玩个痛快，只要隔壁哥哥和她一起，她什么坏事都愿意做。所以他一定是有魔法的。万小青愈发肯定了。

现在你知道了，万小青喜欢隔壁哥哥。这倒没什么，像她这个年纪的小姑娘，总是要莫名喜欢上一个人的。可问题是，隔壁哥哥并不喜欢万小青，这是很显而易见的，尽管他对万小青很好，会把家里好吃的拿来给万小青吃，也一见到万小青就笑，但他绝对不会像万小青那样，为了对方而去做自己不喜欢的事。现实多么明朗啊，隔壁哥哥让万小青如沐春风，可这春风并非万小青独有的一份，他对院子里每个孩子都这样。一想到这些，万小青便苦恼极了，怎么才能让他觉得，自己和其他的孩子不一样呢？

其实万小青也不容易，为了让隔壁哥哥多注意一下自己，她学舅舅家的表姐穿颜色鲜艳的衣服，扎长长长长的辫子，甚至连走路的姿势都在刻意地改。她把自己的一切都向着自己所认为的美的那一面去发展，但这些，都不曾得到隔壁哥哥的回应。万小青简直要伤心死了，为什么喜欢这东西，会让人变得这么烦恼呢？

早先，万小青刚跟着爸爸妈妈搬来这里居住时，她一点儿也不开心，这儿的街道又吵又闹，院子里的住户来自天南海北，各式各样别扭人，他们一开口，万小青就皱眉。学校也不好，同学全变了，一个也不认识，老师还怪严厉，动不动就敲黑板。但很快，隔壁哥哥就出现了，要么说他有魔力呢，万小青一看到他，心里对这个新城市的恨意便减弱了。紧跟着她又想，要是能从小在这儿长大该多好啊！岂不是就和隔壁哥哥很熟很熟了吗，不就青梅竹马两小无猜了吗！

顺着石子路拐上大街，没几步便遇到一个卖萝卜的，但万小青看都没看他一眼，她一出门便想好了，反正妈妈不是很急用，那干脆去东街买。为什么要去东街呢？东街的萝卜既不新鲜，也不便宜，可东街有隔壁哥哥家开的米店呀。所以万小青一定要去东街，假如隔壁哥哥正好在店里看店，自己就要过去告诉他，我家烙春饼啦，晚上来吃吧。

万小青加快了步子，原本十几分钟的路程，她几分钟便赶到了。路过米店时，她小心翼翼又故作轻松，装出一副我恰巧路过的模样朝里面悄悄瞥一眼。

没在。那一刻，万小青真是失落极了。

这一下，她对东街所有的萝卜都一起失望了，也懒得再挑拣，随便站到个蔬菜摊前，将手边的萝卜挨个儿往菜篮子里装。但紧接着，在她身后，传来了隔壁哥哥的声音。

万小青！他这样喊道。

哎！万小青答应着，急急忙忙回头看。可不正是她心心念念的小哥哥嘛！

帮家里买菜呀。他问，怎么跑来这么远呢？

顺路，顺路。她这样解释。

然后就没有话了。

小哥哥说，那你买吧，我还有事，先走了。

万小青赶忙鼓起勇气，那个，我妈妈在家烙了春饼，她说立春了，要咬春，喊你晚上来吃，你记得来呀。

对面的人应一声，便转身离开了。

我妈妈还说，萝卜赛梨，只要咬得草根断，百事可做。万小青依旧在原地絮叨着，可是隔壁哥哥已经走远了，他根本没关心自己在讲什么。

又能怎么样呢，万小青心想，我自己也不清楚自己在讲什么啊。的确是这样，在她忽然听到隔壁哥哥喊自己时，她就已经心里发慌了。于是，在万小青失落的目光里，那个被她惦念了一上午的小哥哥一步步走远了。

让万小青失落的还远不止这些。不一会儿，她又看到隔壁哥哥在远处同另一个女孩子汇合，然后肩并着肩向东街的另一端走去。当他们的身影一起消失在东街拐角时，万小青一下提心吊胆起来，隔壁哥哥不会谈女朋友了吧？

这个想法可真是把万小青吓坏了，要是隔壁哥哥真的有女朋友了，自己岂不是一点儿机会也没有了吗。这一刻，万小青不止担心，甚至还悔恨起来，她觉得自己太笨了，竟不懂得事先主动一点。

很久之前，万小青曾在广场遇到过隔壁哥哥。

那天，她刚刚放学，正背着书包回家。忽然看到隔壁哥哥和一群男生在广场上骑自行车，他们商量着，要骑着车子从五六层台阶上飞下去。换做平时，万小青才不会对这群皮孩子的游戏感兴趣，但这次不同，这次有她最喜欢的隔壁哥哥。于是，她装模作样地掏出课本，摆了个认真学习的造型，然后偷眼往隔壁哥哥那里瞧。

她看到他们正挨个儿骑上自行车，在一旁快速地绕两圈，然后顺着台阶骑下去。哐，第一个人没骑稳，倒了。哐，第二个人也摔了。第三个，第四个，虽然有人成功地骑下了台阶，但也歪歪扭扭，磕磕碰碰，和预先叫嚣的"飞下去"完全不一样。

接着，隔壁哥哥出场了。他骑得飞快，转了两圈后，便笔直地瞄着台阶冲过去。在临近台阶边缘时，他忽然站起身，嘿的一声，双臂用力，将车把高高地抬了起来。就在车轮脱离地面的瞬间，万小青便紧张地闭上了眼。她真是担心坏了，速度这样快，摔了怎么办呢？

但万小青没听到车子落地摔倒的声音，也没听到预想中隔壁哥哥喊痛的声音。在她闭眼时，听到了其他的男生在轰然叫好，他们大喊着，我 ×，牛逼！然后万小青便睁开了眼，隔壁哥哥正安稳地在台阶下的空地上缓缓骑行，他慢悠悠的，一脸得意。

万小青一下子开心起来。她倒不是因为隔壁哥哥飞车成功所以感到开心，而是因为他在成功后，居然一面缓缓地骑着车，一面抬右臂，朝着自己的方向挥了挥手。

那一刻，万小青真是心花怒放。可她没有作出任何表露，故作镇静地站起身，拍拍衣服上的灰尘，将课本收进书包，昂着头转身离开了。

现在，此时此刻，万小青再次回想起当时的场景，她后悔万分。如果再来一次的话，她想，自己一定也要向他挥挥手，然后走过去同他讲话，再坐到他的自行车后架上和他一起回家。

真令人泄气啊！万小青看着远处的街角，无奈地想。

回到家的万小青立刻忙起来。

妈妈已经将做春饼的开水面团提前备好，正在分面剂子。万小青很自觉地去了后院，蹲在水管前把买来的萝卜洗干净，又洗了一小盆芹菜、木耳，全部切成了细丝。

妈妈催万小青去学习，说剩下的活儿已经不需要她帮忙了。但万小青说，我想自己做一个春饼。

她的确想自己动手做一个春饼，等到晚上隔壁哥哥来了，就把这个拿给他吃。可能这没什么用吧。但万小青想，如果能看着自己喜欢的人，吃掉自己亲手做的食物，该是多么快活呢？于是她暗暗决定，今天一定要多做几个春饼，然后把最好的那一个拿给隔壁哥哥。

揉面团，两面沾油，按扁，再用擀面杖擀成薄饼，万小青按照妈妈的指点，一步一步耐心地做着。等到杂菜与肉丝一起下锅清炒的时候，她忽然发现窗外下起了丝丝细雨。便擦了擦手，轻轻拨开插销，打开了厨房的窗户。一股微凉的风从窗外扑进来，与她撞个满怀。

哎呀，立春啦，立春啦。妈妈说，立了春，人就好过了。

万小青没接话，呆呆地望着春雨，以及雨中光秃秃的树木。接着，她轻轻地，微不可查地叹了一口气。大自然里的春正酥酥地往外冒，少女心底的春也开始急急地向外长。

在此之前，万小青也曾很认真地思考，想要理清自己内心对隔壁哥哥的那点小心思。但她失败了，她根本无从得知这莫名的情愫究竟从何而起，仿佛就是一觉醒来，她便猝不及防地跌进这份奇怪的感情了。

我可真不理智。她这样想着，又很快不去想了，反正也想不通，就这样吧，长大了就好了。

而等待无疑是最煎熬的。吃过午饭，春雨下了又停，停了又下，万小青也把自己从外屋挪到床上，又从床上挪到院里。她频频看表，奈何墙上的老挂钟始终慢慢吞吞，迟迟不肯将指针指向她想要的那个数字。

万小青又焦急，又期待。她一会儿觉得自己整个人都要从内到外地化掉，焚化。一会儿又觉得整个人正升腾着放空，随时会和雨幕中掉落的雨滴一起碎掉。接着，她受不了了，抓起门后立着的雨伞跑出家门。她等不得夜晚来临了，她现在就要去找到隔壁哥哥，就是现在，就是此时，必须，马上，她一分钟，一秒钟也拖不得了。

石板长街，寂静无人。万小青立在雨里，又不知该往哪里去了。能去哪里找呢？除了东街米店，她实在想不出第二个去处。只能又回家，坐在小板凳上盯着院门看。

好在妈妈又给她找了些事情做，提着一大捆韭菜喊她择，她便靠坐在门槛前，低头择一根，抬头望一眼，又择一根，又望一眼……

晚上，家里的饭菜格外丰盛，妈妈的话也忽然变多，她总是喜气洋洋的，仿佛立春使她整个人都变年轻了。爸爸也在，一面喝着酒，一面有声有色地叙述着白天在外干活儿时的趣事。

万小青一语不发，慢吞吞吃过晚饭，收拾餐桌与厨房，她悄悄藏起一个春饼，用油纸包住，放在书桌下的抽屉中。她已打定主意，今晚，无论如何也要等到隔壁哥哥回来，然后，她会出去将自己亲手做的春饼送给他，再看着他咬一口。这是她今晚的勇气，她一定要做到。

七点钟，万小青到门外张望，没能看到她想看到的那个身影。

八点钟，春雨再次收住，万小青守在门前，没有听到任何声响。

九点钟，夜一片安静。

该睡觉啦。妈妈在里屋催促，她的语气已经不悦。

知道了，马上，马上。万小青答。

十点钟，躲在自己房间窗下的万小青终于听到了院门响动的声音，那一霎那，她的灵魂都要幸福地蹿出来。她忍住骤然变快的心跳，急急地，又蹑手蹑脚地拉开抽屉，掏出自己亲手做的春饼，然后小心翼翼地从窗口爬出。

但是没人。

院子的大门是紧闭的，隔壁哥哥家的屋门也是紧闭的。两把锁安安稳稳地挂在那儿，让万小青呆愣愣地，如一具泥塑般立在院子中央。

世界寂静无声，万小青同样寂静无声。

立春这晚，天空中没有月亮，厚实的云层堆叠，堆出一个残忍的黑夜。而在这样的夜里，雨点儿忽然又掉落下来，窸窸窣窣，打湿了万小青的头发。

在这个安静的夜里，十四岁的少女哭泣着，举起手中已经干瘪的春饼。她将它递到嘴边，轻轻地，轻轻地咬了一口。

大
水

扫一扫　扒一扒
那些年我们一起策划的出走

1

八月的太阳总是格外凶，树上的叶子被烤得快要化掉，闷沉沉地反着晃眼的光。院里的砖瓦是烫的，墙角的梯子是烫的，窗台上的剪刀是烫的，杏树下的推车还是烫，它们大约也受不得这样热辣的阳光，若是能跑能跳，肯定要挤进屋里来蹭阴凉。

在这样的天气里，没人愿意动弹，就连平日里喜欢出去乱跑的小狗儿崩豆，也独自趴在西屋的地上吐舌头。但庚哥在忙，忙着爬上爬下，翻箱倒柜，一刻也不停。

按照庚哥的说法，只要让他找出一张地图，我们就可以离开，逃离窦家庄，奔向自由的远方。我记不清这是庚哥第多少次提到"逃走"这个字眼儿了，最近，出走计划频繁地出现在他嘴边，一本正经，像是要动真格的。

怎么说呢，其实关于离家出走这事儿吧，我是赞同的，它听起来就很有趣。只是，如果现在就开始实施，会不会太早了点？我才三年级，真要走的话，起码也得等我六年级完小毕业，那时我已经学了"自然与科学"这门课，有了充足的知识，出门在外大抵是饿不到的。另外，我觉得还应该攒一笔钱，我爸爸说，人呀，出门在外的，就怕没钱，这玩意儿必不可少。所以，现在大舅每星期给我一块钱零花，我愿意花一半留一半，当作以后出走的本钱。

但庚哥不愿继续等了，他表示在大舅家过得太委屈。好男儿应志在四方！他说。然后为了鼓励我，他唱起了歌，郑少秋的《誓要入刀山》——誓要去，入刀山，浩气壮，过千关。豪情无限，男儿傲气，地狱也独来独往返。

我一面听一面想，这歌词与我们的实际情况很不相符，我们是两个人，独来独往反岂不是分道扬镳了吗？当我把这个疑问抛给庚哥时，庚哥停止了歌唱，换用一种充满肯定与鼓励的眼神望着我。

可是……我不敢看他的眼睛了，我低下头，假装有一大坨鼻屎要抠。可是大舅说，让咱们把他家当成咱自己家。

你知道为什么吗？因为不是你的家，所以才让你当成自己的家。庚哥说，我给你举个浅显的例子吧，昨天，你说你想吃方便面，大舅却给你煮了一锅挂面，然后往里面倒华龙的调料，还说这样就跟方便面一个味儿了。这不是胡说八道吗？难道，加了方便面的酱包，挂面就不是挂面了吗？

我看着庚哥义愤填膺的样子，若有所思。庚哥，你说得没错，那么一大锅挂面，只放一包调料，是变不成方便面的。

屁！庚哥更气愤了。你放十包，一百包，它也还是挂面，永远变不成方便面。就算你在心里把五阿哥当成尔康，柳红当成紫薇，他们也永远不可能成为一对儿，你明白吗？这是既定的事实，永远无法改变，你明白吗？

其实我不太明白，但我选择相信庚哥，相信他的逻辑是无懈可击的，相信他指出的问题是任何人都无法辩驳的。没办法，谁让我所有的小伙伴儿中，庚哥是我最喜欢的哥哥呢。我崇拜他，发自肺腑。

或许你会浅显地以为，我崇拜庚哥只是因为他上过六年级，学过自然与科学，又或者是因为他说话有理有据，让人信服。但这些都只是一小点原因，真正的原因还是庚哥本身的魅力，他是一个很厉害的人。

我刚进完小读书的时候，大舅对我说，你得听老师的话，多跟好学生玩，那种学习赖的笨地瓜，你就别理他们，他们要是欺负你，你就告老师。

但庚哥却跟我说，你想跟谁玩就跟谁玩，没事，要是有人敢找你事儿，你就告诉我，我帮你报仇。

你看，是不是高下立判，庚哥比舅舅还要男人。

在我们完小，庚哥是非常有名气的，他敢跟老师犟嘴，还敢跟比自己年级高的人干架，敢去办公室偷试卷改分数。低年级的孩子都挺怕他，我们班有几个淘气包也怕他，他们从不敢抢我的铅笔盒，也从不对着我的后背吐口水。

后来大舅又问我有没有被坏学生欺负时，我说放心吧大舅，有庚哥保护我呢，他很厉害，声名远播。

大舅说，你别乱用词儿，那不叫声名远播，那叫臭名昭著。

我不太懂臭名昭著的意思，便去请教庚哥：大舅说你臭名昭著，啥意思啊。

庚哥撇撇嘴，你别听他的，他没文化，乱用词儿，他是想说我赫赫有名，名扬天下，天下无双。啊，你也不用去提醒他用错词了，他们大人都挺好面儿的，你要是说了，他没准儿会生气。

好的。我说。

其实我心里清楚，大舅不怎么待见庚哥，因为他太淘气，所以庚哥说大舅坏话这种事，就算他不叮嘱，我也不会告诉大舅的。同时，我也很惋惜，为什么大舅看不到庚哥的闪光点呢？庚哥淘气不假，但他也很讲义气啊！

去年，庚哥翻墙逃学，正好被门房大爷撞见，被老头儿提着门撑子一顿骂，全校都听见了。

事后，庚哥很不服气，他说，如果这老东西是个老师，那么我无话可说，可他只是个看门的，还训我一顿，你说，这不是办事越界了吗？

于是，为了发泄心中的不满，庚哥在路边捡了几粒羊粪蛋儿，扔进了门房大爷门口的水瓮中。但那个水瓮里的水不止大爷自己喝，完小的学生们要是渴了也可以过去喝。于是，深知内情的我，赶紧私下告诉了几个玩得好的同学，以免他们在不知情的情况下误饮粪水。

没想到的是，我的朋友也把这消息告诉了他们各自的好朋友，这样一来，一传十，十传百，全校学生都知道了。更有热心肠的同学跑到了门房大爷的屋里，先敬个礼，然后字正腔圆地说，大爷，你瓮里有屎，于晓庚扔的，大爷不用谢，我叫红领巾。

大爷听完后拍案而起，拐杖也不拿了，一瘸一拐，愣是步履蹒跚地小跑了二里地，叉着腰出现在大舅家门前。

大舅也不含糊，在听完门房大爷痛心疾首的指责后，二话没说，骑上小摩托就杀到了完小，当着全校人的面，揍了庚哥个桃花儿朵朵开。那天，大舅威猛的扫堂腿，以及庚哥凄厉的哀嚎，都给师生们留下了深刻的印象。我想，那天的庚哥，一定出现在很多同学的日记里，那些学生八成还会这样写：我一定要好好学习，天天向上，努力不成为于晓庚那样的人。

因为我的泄密，庚哥被大舅一顿暴打。但庚哥并没有记恨我，反而一直宽慰我，说我也是为了帮助朋友才无意害了他，是有义气的体现。他甚至还做了自我检讨，表示自己往公用大水缸里扔羊粪蛋儿是欠妥的行为，容易伤及无辜，下次应该往老头儿的私人暖瓶里扔。你看，庚哥是多么的深明大义。

按理说，这样一个有情有义的庚哥，他提出的任何要求与行动，我都应当毫无保留的赞同与支持。但当他说，即刻实施"逃离窦家庄计划"时，我却犹豫了。

我为自己的犹豫感到羞耻，庚哥对我这么好，我却不听他的话，真是太不应该了。但同时，我又觉得大舅对我不错，不告而别非君子所为。其次，也是最重要的，电视里《足球小将》还没放完，我舍不得。

当然，我不能把这样的理由说给庚哥听，他知道了一定会笑话我。而且他不爱看《足球小将》，大空翼和幻影守门员的决战并不能吸引他，他爱看《封神榜传奇》，但封神榜已经大结局了，姜子牙斩妲己，周武王封众神，这让他无牵无挂，潇潇洒洒。

于是我说，再认真考虑一下吧，这不是小事，我们需要从长计议。

2

大概四点钟的时候，大舅回来了。他的解放牌卡车停在门口，堵住了大半条街。我觉得大舅的车就像他本人一样，个头儿很大，很威武，给人以暴躁的感觉。每次大舅停车调整方位，我都觉得整座屋子在颤，我一度以为是幻觉，后来发现不是，有次大舅倒车，我看到窗台上的土渣全部跳了起来，窗玻璃也高频率颤动，咯咯作响，简直惊心动魄。

大舅没进屋，停在院里的台阶前磕他的鞋底，啪，啪，啪，很有节奏。这让我想起小时候看他用鞋底抽亮亮哥，也是这样的节奏，期间伴随着他闷沉有力的骂声以及亮亮哥响彻云霄的哭号。

等到大舅迈着大步走进里屋时，庚哥已经抱着书规矩地坐在一边了。

大舅看了我们一会儿，然后给自己倒了杯水，润了润嗓子。他对庚哥说，小庚啊，你妈妈给我打电话了，让你好好学习，不许捣蛋，知道吗？

庚哥点了点头，小声说我知道，我知道。

我挺瞧不起庚哥这样的行为，大舅在的时候他就假装很乖，但大舅走了他就开始嘚瑟，指点江山，说大舅的坏话，给人以两面三刀的感觉。但庚哥说他这不叫两面三刀，这叫能屈能伸，大丈夫之行径。

紧接着，大舅又转向我，从兜里掏出一大把糖放在我面前。

我问，大舅，我妈妈也打电话了吗？

打了，打了。他说，一块儿打的，嗯，也让你好好学习，听大人话，考试考一百，将来有出息。

我说，嗯，知道了。

他们还说快回来了，让你别太想他们。大舅说完便拎着水壶去了西屋，锁了房门。

待到西屋里大舅鼾声渐起，庚哥恢复了神采，他龇着牙，用嘴型无声地向我传达他的意思：给，我，块，糖。

我挑了块儿花生酥糖扔给他，然后自己剥了块儿奶糖扔进嘴里。

庚哥吃完糖，又摆起了口型：走，吧。出，去，玩。

我们蹑手蹑脚地出了家门，跑过长街，翻过苇子坡，穿过一人高的玉米地，来到村南的大湾，爬上了五丈崖。

所谓的五丈崖，只是大湾边上一块普通的平地，但假如我们站在大湾底部再往上看时，平地自然就变成了高地。而高地侧面，那几道挖掘机作业时留下的铲痕，相当触目惊心，颇具古典武侠剧中断崖峭壁之感。

最开始，来大湾玩儿的孩子，受《上甘岭》的影响，都把这里唤作597高地，趴在上面玩打仗攻坚的游戏。

后来，庚哥出现了，他站在高地上颐指气使。对着大湾里打打闹闹的孩子说，你们太蠢了，还597高地，又不好听，又不形象。你们这样，非但不让我觉得你们在向战斗英雄致敬，反而让我觉得你在侮辱他们！

孩子们很耿直，一仰脖儿，那你说叫啥好？

庚哥说，五丈崖！

这个名字在庚哥说出口的一瞬间就得到了大家的一致拥

护，他们都认为五丈崖生动形象，远远好于597。

只是，大家虽然认可了庚哥取的"五丈崖"这个名字，却不肯认可庚哥这个人，他们毫不在意地摆摆手，行，就叫五丈崖了，你可以滚了。

庚哥当时就不乐意了，因为在他原本设想的剧本里，孩子们听了他想的名字后，会乐不可支地邀请他一起加入游戏。可万万没想到，这群人在欣然接受了他想出的名字后，又立刻甩手让他滚蛋。

对于庚哥的疑问，孩子们给出了如下解释：于晓庚，你跟我们有仇，不共戴天！

庚哥无话可说了。

庚哥和众人的仇怨因水而结。是这样，每年盛夏之际，窦家庄的大湾都会忽然涨出一米多深的水。

这是大湾的神奇之处，也是众多孩子心中的未解之谜。在其他季节，大湾都是旱的，而一到盛夏，它就会在一夜之间变成水湾，没人知道这水从何而来，像是从天而降，又像是从地底冒出。

初夏大湾没水的时候，我们一帮人蹲在湾底瞎琢磨，想弄清水究竟藏在哪儿，又怎么冒出来。

一个黑胖小子指着地上一些需要细看才能发现的小孔说，我觉得吧，水就在这里面。然后，他用手对那些小孔又抠又拍。

令人惊异的是，几分钟后，泥土的确湿润了。而当我们一群人继续噼里啪啦地拍下去时，当真看到不少水从地下溢出来。

这无疑是个巨大的发现。只是，我们虽然找到了水源，却未曾揭开谜题，谁也无法解释这神奇现象背后的原因。

我们将目光投向了黑胖小子，毕竟他发现了水源的秘密，我们期待他能继续给出一个合理的答案。

黑胖小子沉吟半天，说，都学过杨万里的《小池》吧，泉眼无声惜细流，树阴照水爱晴柔。这些小孔，肯定就是杨万里说的泉眼。

一帮孩子跟声符合，我也觉得他说得很有道理。但庚哥说，不对，你扯淡。

黑胖小子问，那你说这是什么？

庚哥想了半天，嗯，这是大湾，不是泉，所以应该叫湾眼，不叫泉眼。

黑胖小子白了他一眼，轻声道：二逼。

庚哥一向无法容忍别人对他的侮辱，尤其还是智商上的，于是他决定出手教训一下这个出言不逊的黑胖子。

至于他打算怎么教训，说出来你可能不信，我神奇的庚哥，就因为这么一两句口头儿上的争执，酝酿了一场君子报仇十年不晚的大戏。

每当盛夏大湾变成大水湾时，孩子们都会跑到湾里游泳。试想一下吧，烈日炎炎的三伏天里，脱光衣服，跳进水

湾中痛痛快快地扎几个猛子，打一场酣畅淋漓的水仗是多么
地令人身心舒畅。

　　但庚哥不会游泳，无法体味在水湾中痛快玩耍的乐趣。
因此，当庚哥看到别人在水中泼着水傻乐的时候，他避无可
避地羡慕嫉妒恨了。此外，那群快乐的人，还是此前曾嘲讽
他智商的人，这就更让他生气了。于是庚哥说，我要给他们
添点儿堵。

　　庚哥很快就将口头的威胁转化成了实际行动。

　　那天，他站在五丈崖上，看见大家都快乐地在湾里游来
游去，嘴巴一咧，笑道，行，都玩得很开心嘛，来，我给你
们添点儿料。说着，他解开裤带儿，掏出小鸡鸡，铆着劲儿
往水里撒尿。一面尿还一面喊，来来来，浇水了啊，浇水了
啊，晓庚哥哥给你们表演一下，什么叫居高"淋"下。

　　水中的孩子自然无法接受庚哥这样的行为，他们奋起反
抗，站在水里骂，爬到岸上打。可惜的是，他们遇到的是庚
哥这样脸皮够厚还死不讲理的对手。骂吧，庚哥能言善辩，
巧舌如簧，一群人凑一起，不如他一个人骂得脏。打吧，庚
哥的动手能力显然更强，笑嘻嘻地挑翻了五个，而后捡起他
们丢在地上的裤衩挂，扔到树上，扬长而去。

　　最后，庚哥干脆养成了习惯，来到五丈崖就撒尿，有尿
的时候尿，没尿的时候憋红了脸也得挤出几滴来。游泳的孩
子们舍不得水湾，又苦于打不过他，只好忍辱负重，见到他
来就翻白眼，见到他脱裤子就赶紧往远处游。

3

今天，我们又来到五丈崖。

孩子们依旧在水中嬉戏打闹，扎猛子，打水仗。庚哥也一如往常，站在五丈崖边，笑眯眯地看了一会儿，然后吹着口哨解开了裤带儿。

不过，这一次的游泳党们不比以往。在他们当中，多了两个从外村来窦家庄走亲戚的初中生。有了这俩人的加盟，游泳党们的勇气值和战斗值均达到了前所未有的高峰。随着年龄最大的那位一声我操，弄丫的！七八个人蹭蹭蹭爬上了岸。

光在水面上露几个脑袋还看不出什么，当几个人跃出水面，光着身子赤条条杀上岸时，他们高大的身材就一览无遗了。庚哥说，不行，跑，快跑，打不过。

只是，你知道的，小便这种事，一旦开了闸，想停下可就难了。庚哥只好一面惊恐地盯着正在爬五丈崖的孩子，一面铆足了劲儿继续尿。大概是游泳党们积怨太久，此刻全部化悲愤为力量，一个个爬得奇快，这边庚哥才尿了一半，那边五丈崖顶已经露出了胳膊。

庚哥赶紧后退，向我喊着快跑，快跑。他一边撤，一边继续着剩余尿液的释放，我想，他一定后悔非常，恨自己干嘛憋这么大一泡。

眼看着敌人就要爬上岸，庚哥一个急促地转身，让我见证了排泄史上最为华丽的一道弧线，它精准地击中了刚从五丈崖上露出脑袋的初中生，不偏不倚，正中面部。

要么说我佩服庚哥呢，都这时候了，他居然还在因为刚刚那一幕而放声大笑，甚至笑弯了腰。他一面颤着手系裤带儿，一面问了句，好喝吗？

我他妈弄死你！恼羞成怒的初中生蹿上来，抓住了庚哥的背心儿。随后，更多的孩子蹿了上来，扑向庚哥。

这注定是一场过程激烈，结局惨烈的战斗，游泳党们抱着新仇旧恨一起算的愤怒心情，拳拳到肉，招招无情。庚哥的裤子都被扒飞了，脸上身上，青一块儿紫一块儿，鼻子也被怼得流血不止。

你没事儿吧。我一面问，一面暗自庆幸他吸引了绝大部分的仇恨，这才让我躲过一劫，仅仅被踹了几脚泄愤。

没，没事儿。庚哥按着被打肿的眼睛，我跟你说，你别看我好像打输了，其实我这都是皮外伤，真正严重的是他们，他们，都内伤……

我点点头，没接话。

庚哥缓了一会儿，开始埋怨我了。你可真行，他们那么多人打我，你就那么看着，也不帮把手？打不过大的，还打不过小的吗？那几个小杂碎，我以前一个人就收拾了。

帮了，帮你喊加油了，在心里。我心虚地解释道。

其实比起被打，更让我和庚哥烦恼的是如何向大舅交代。

前面说了，大舅的脾气实在不怎么好。之前我们给他取外号，我说叫他暴君。庚哥说，他配不上君这个字，他应该叫暴走兽或者暴走胖。而今天，大舅真的暴走了，他看到庚哥狼狈的模样时，愤怒地将一个不锈钢茶缸捏瘪了。

我思考了一下大舅的特长，将之断定为发火。

每次大舅出车回来，那短暂的休息时间里，他几乎只做三件事：找我和庚哥问话，躲在西屋里睡觉，和妗子吵架。

说起来，大舅和妗子的吵架方式还挺别致，一个在外屋骂，时不时踢翻个脸盆，摔碎个水杯。另一个呢，藏在里屋，一声不吭，仿佛聋哑人一般继续洗衣择菜做饭铺床。

妗子说，大舅是属烈性炸药的，旁人放个屁都能点着他，着了就炸。妗子还说，对付大舅，只能用沉默这种方式，别理他，晾着他，等他火药面儿烧完了，就云淡风轻了。

我也想用沉默来面对大舅，可当大舅随随便便地瞪了我一眼时，我就无可避免地屈服了，手足无措地坦露了事情的全部过程。

我说，大舅，别怪庚哥了，他已经被揍得这么惨了。

惨吗？大舅气得咬牙切齿。我看还是轻，要么他不长记性。

我点点头，不敢说话。

我也真是想不通，这么一个大家，这么多的孩子，怎么就出了这么个惹祸包。大舅叹息连连，愁眉不展。

呃，其实……那个……嗯……反正……我支支吾吾道，就是庚哥他，他吧，比较特别，和别人不一样。

哪儿不一样？长得欠揍吗？大舅问。

不，不是。怎么说呢，举个例子吧，比如看电视，我们都喜欢陈真，但庚哥就喜欢霍元甲。后来我们都喜欢黄飞鸿，庚哥却偏偏喜欢黄麒英。对，就是这样，他很特别，总和我们不一样。我说。

就是特别欠揍！他这是占你们便宜呢，你们喜欢儿子，他偏偏喜欢老子。大舅愤愤地说。

我一琢磨，嘿，还真是。没想到大舅粗犷的外表下，也有颗明察秋毫的细腻内心。

很快，大舅支开了我，他打算找庚哥单独谈谈。

至于大舅究竟是怎么和庚哥谈的，我不得而知。只是当我回房间时，发现庚哥看起来很忧郁。他把自己裹在薄毯中，只露出一个鼻青脸肿的脑袋，眼睛眨巴着，挺红，好像才哭过。

怎么样了。我问他。

他没说话，依旧躺在毯子里，一动不动。

练功呢？我继续问。

你别闹，我现在很心痛。他说。

我拽了拽他的毯子，裹得挺紧，一点儿也掀不开。怎么啦？大舅是不是又踹你了？

你别问，我不会告诉你的。庚哥把头转向一边，可那边有只苍蝇嗡嗡嗡飞着往他脸上撞，他只好又甩甩脸转回来。

怎么啦？大舅训你了？我不依不饶。

唉。庚哥叹了口气，实在，实在是一言难尽。

说说吧，咋了，你都这样了，他肯定没打你。我把风扇开到最大挡，坐到正前方直直地吹着。跟我说说吧，他怎么训你的。

那你先给我块儿糖。庚哥说。

我从兜里挑了块儿花生酥糖扔过去，但遭到了嫌弃。我不要这个，我要奶糖。

我捂住裤兜儿，没了，奶糖吃完了。

屁，大舅给你的时候一共有五块奶的，晌午你吃了三块，我都数着呢。庚哥说。

我只好掏出来，一人一块儿。庚哥毫不客气地探出一只手，接过后利索地剥开糖纸塞进嘴里。他一直拿我爸妈说事儿，说我这样，是在给他们丢脸。

他叼着糖含含糊糊地说道，我打算，养好伤以后，就走，不受这冤枉气了。

啊？我一时没反应过来。你又要实行逃离窦家庄吗？

对，我要走，伤好了就走。庚哥重复了一遍。不管你走不走，反正我一定要走了。

我看了看庚哥，他的脸上涂满蓝药水，一块又一块挨着，在他讲话时，嘴角牵动着它们上下蠕动，显得挺搞笑。

我要到淄博去，去求证一个问题。庚哥说。

什么问题？我问。

大舅不是说我妈妈给我打电话了吗，我要去问问她，是不是真的给我打了。我总觉得他在骗我，电话就在屋里，为什么我就从来接不到。庚哥怒气冲冲地说着，哦，每次他出车回来了，就说我妈妈打了电话。我不信，我要自己去问问，是不是她根本就没打过电话，我要问问他们是不是不要我了。

还有，大舅根本就看不上我，不把我当人。你看，我都被打成这样了，他还训我呢。我要走，我妈不要我了我也要走。庚哥不断地絮叨着，挺激动。他在抱怨大舅的种种罪过，但我已经听不清了，因为他刚才的一番话，也引起了我内心深处的担忧。

三年前，我的爸爸妈妈离开盐山，去了淄博，他们去那里投奔二姨，也就是庚哥的妈妈。

名义上呢，他们是去淄博做生意，可实际上，他们是准备到那里再生一个小孩儿。这一点，我早就知道了。

他们很早之前就在计划这件事。

那时候我听爸爸说，计划生育抓得太紧，想生小孩儿只能去外地躲着，生下来以后，熬到上学的年龄，再偷偷回老家来，交钱上个户口。

于是他们真的这样做了，说走就走，就像出门赶集一样随意，一点儿也不拖泥带水。走的时候妈妈跟我说，你先住你大舅家，和你庚哥哥玩，等到过年我们就回来啦。

可一个年过了，两个年过了，爸爸妈妈谁也没露面。后来大舅又跟我说，等你考上三年级，你爸爸妈妈就回来啦。

但是现在，等到再开学，我就要上四年级了，爸爸妈妈还是没有音讯。

我忽然觉得庚哥说得对，他们所有人都在骗我，我和庚哥，大概真的是被抛弃了。

这样想着，我情不自禁地慌张起来。他们是不是打算不要我了，是不是想省下那笔罚款来养我的弟弟或妹妹。他们是不是在淄博有了新家，是不是已经改名换姓，是不是再也不会回来，是不是已经忘记我了。

一时间，我简直难过得快要哭出来。

你这又是怎么了？庚哥问。

你什么时候走？我说，我要和你一起去，我也要问问我的爸爸妈妈。

4

逃离窦家庄的事就这样定下来了。

我们首先需要弄清的是，从盐山到淄博，究竟有多远。按照跑钢材的小宋叔叔的说法，从老庆云到淄博，如果跑高速的话，仨小时就能到。

但是高速是什么？这一点我不太懂。

庚哥颇有耐心地给我解惑，高速啊，就是高速度，把油门踩到底，把车开到最快，就是高速了。

然后我脑补了一下小宋叔叔那辆脏兮兮的面包儿，开起来叮当作响像摇摇椅一样。那玩意儿跑三小时都能到的话，淄博似乎不太远。于是，我的心里一下子有了底。

咱们怎么去，坐车吗？我问庚哥。

坐不了车，咱们买不起票。庚哥说，咱俩走着去。你想啊，开车三小时，走个三四天怎么着也能到了吧。然后咱们再跑一跑，顶多两天就到了，你敢不敢？

敢！我说，可是我们不认路。

没事儿，弄个地图就行了，我一直都说弄个地图。庚哥很镇定，也很自信，好像所有事情都在他计划之中。他说在大舅车上就有地图，我们偷出来就可以直接用了。

当然，除去地图，我们还需要考虑其他的东西。比如衣服，这东西有点麻烦，收拾太多肯定会被大舅发现猫腻。不过好在现在是夏天，厚实的外套长裤用不着，只需把两件短衣短裤别在腰里就可以了。

而说到食物问题时，庚哥二话不说，钻进偏屋掏出一把镰刀。他说只要肯劳动，走遍天下都饿不到。还说现在是玉米成熟的季节，只要我们肯动手，保准走一路，吃一路，并且镰刀可以防身，作为我们安全的保障。

我找来五六个塑料水瓶，洗刷干净藏在大门后的角落里，既能装水还便于携带。接着，我又从灶台那里拿了两盒火柴，一个打火机，假如需要生火，这些足够用了。

终于，在一切都计划好的第三天上午，我和庚哥决定离开了。

出门前，我特意到大舅的屋里晃了晃，探查敌情。

大舅躺在床上看电视，看到我后歪了歪头，问了一句，又要出去玩？

我点点头。

大舅嘱咐道，别跑太远，看着点儿天，预报说有大暴雨，闷在外边儿回不来可就不好了。

我依旧点点头，然后鼓起勇气，小心翼翼地拿出先前就准备好的说辞：大舅，我作业本子不够用了。

大舅嗯一声，伸手往兜里去掏，拿出一张皱巴巴的两块钱纸币递给我。

那个，庚哥说他也要买，还说他自动笔坏了，得换个新的。我小声道。

大舅又嗯一声，继续掏，拿出一张崭新的五块。

我强忍着剧烈的心跳走过去接过钱，仓皇跑出。

庚哥已经在大门外等我了，大舅的车窗没摇上去，他轻而易举地将地图偷了出来。

我把从大舅那里要来的钱拿给他看，他很满意，说好样的，这足够用了。接着他又变戏法似的，从兜里掏出一包烟，在我面前晃了几晃。

干嘛，你还要学抽烟？我问。

不是我要抽。庚哥说，这是给路上的人准备的，咱们总得找人问路的，到那时候，烟就派上用场了，得靠它才能搭话。

我顿觉有理，连连点头。

庚哥又补充道，而且，咱们叼根儿烟的话，会显得咱们很厉害，路上的坏人也就不敢对我们有歹意了。

要想显得我们很厉害，把镰刀扛在肩上不是更有用吗？我说。

你懂个屁，扛镰刀，一眼就看出你是个种地的。叼根儿烟就不同了，显得我们很社会，知道了吗？

其实我还是没懂，但我既不想让庚哥觉得我很笨，也不想把多余的时间浪费在这上面，于是，我立刻假装出一副恍然大悟的样子，紧跟在庚哥身后，出发了。

我们把灌满水的水瓶用绳子串起，挂到脖子上，镰刀用短袖系起，别在腰间。还有一个书包，里面装满了馒头，全是妗子昨晚蒸好的。庚哥说要省着点儿吃，它们是未来旅程中全部的主食。

为了避免被认识的人看到，我们没敢走大路，而是悄悄地滑下苇子坡，一头钻入了浓密而浩大的"青纱帐"。

现在正是玉米临近成熟的时节，墨绿的玉米秆生得粗壮，高且挺直，叶片宽大厚实，它们长长地伸展开来，一层又一层，绿油油的，铺天盖地一般。我们被玉米叶儿遮住视线，目力及不过三丈，只能沿着笔直的田垄猫腰前行，一路向东，直奔国道。

在这之前，我也钻过青纱帐，是大舅带着我，和一大群人来里面围兔子。他们把网笼扎在一处，然后从另外的方向把野兔们往那里驱赶，一路大叫，手舞足蹈。我记得那天的大舅，像个孩子一样兴奋，他满脸通红，满身汗水地奔跑着。他还在回去的路上，牵着我的手，讲了许多笑话。大舅不凶的时候，其实也还不错，我想。

我问庚哥，咱们走了以后，还会回来吗，会回窦家庄看大舅吗。

如果一切顺利，我们就再也不回来了。要是，你以后长大了，想他的话，也可以回来。而后庚哥顿了顿，补充道，反正，我是不会再回来了。

听到这话，我急忙停下脚步，转身向着窦家庄的方向，轻轻地鞠了三个躬。

再见了窦家庄，再见了大舅，有缘再见。

5

钻过"青纱帐"的人都知道，盛夏的玉米地根本不能久待，里面严重的闷热和蒸熏让人无所适从，烘烤感从四面八方涌来，极易中暑。

我和庚哥在其中负重前行，尽量压低身子，气喘吁吁，大汗淋漓。倒不是怕被人看到，那么高大且浓密的玉米地，不说一个人，哪怕钻进去一匹马，也会瞬间隐去身形。只是那厚实的玉米叶儿着实吓人，边缘的锯齿锋利异常，一旦蹭上，便会在身上留下道道血痕，汗水往上一淌，又疼又痒，无比难耐。

跑了许久，我们才终于冲出"青纱帐"。汗水将我们全身上下湿了个透彻，又累又渴，只能丢下行李，瘫倒在国道旁的白杨下，大口地补水与呼吸。

不行，我走不动了。我说。

先歇会儿，歇会儿。庚哥也气喘吁吁，到了这里就没事了，以后也不用钻棒子地了，直接沿着国道走。

庚哥从衣兜里掏出地图，它已经被汗水浸成了湿纸片。你看，这里。庚哥举着它指给我看。就是这个道，205 国道，咱们沿着它往南，过了图上的河，就到山东了，再往南，就能到淄博。

庚哥说的河我知道，它古称鬲津，是大禹治水时的九河之一，徐福当年从这里东渡，携五百童男童女乘船去了日本。后来唐宋时期，黄河夺鬲津入海，成了当时宋辽、宋金的边界。再后来，黄河南移，夺淮入海，鬲津就此成为废黄河，水灾成患，数代不得治。直到 1971 年，新中国再度疏浚建闸，更名"漳卫新河"，成为了河北山东的界河。而现在，我们就要跨过它，去往淄博，寻找我们的爸爸妈妈。

人总是会对未知的旅程感到新奇和期待，可一旦真正上路，一切尘埃落定以后，新奇和期待便不复存在，取而代之的是紧张和恐惧。此时此刻，我就是这样，我原本好奇淄博到底有多大，好奇到了那里以后我的生活，但此刻我却有了各种各样的恐惧，我害怕我们路上遇到危险，害怕到了淄博以后找不到爸爸妈妈，毕竟，我们根本并不知道他们的具体地址。

庚哥说一点这不必担心，我们到了那儿，可以找警察帮忙，就算我们找不到父母，警察总不会找不到的。但我依旧很担忧，就算找到了，而他们铁了心不要我们，假装不认识我们，又该怎么办？

那咱们就去澳门，闯一番事业，你看过赌神吗？我会像他一样的。庚哥说。

他们会放小孩儿进赌场吗？我问。

这你就别管了，就算不能，我也可以先拜个师父。庚哥想了一会儿，问我，你有没有什么想做的。

做什么？我反问。

我怎么知道你想做什么，你自己不知道吗？你没有理想的吗？庚哥说。

听他这样一问，我忽然有点儿脸红。

以前老师问我有什么理想，我说我想当科学家。后来大舅也问，我说我想当画家。其实我那都是在骗他们，我根本不知道自己想做什么。

庚哥说，不行，你一定要有一个理想，人没有理想的话，是很难活下去的。

于是我开始认认真真地想，我以前挺想学踢足球，就像足球小将里的大空翼一样。可是盐山没有足球场，我们学校也没人踢足球，所以后来我的理想就变成了晚上能看动画，白天能吃零食。至于现在，我最迫切的理想，是赶紧到淄博去，找到爸爸妈妈，并且希望他们还记得我，还要我。

我有理想，我的理想是，咱们能一路顺风。我说。

嗯，这想法不错，但它只是个愿望，而不是理想，理想应该远大一点。庚哥说。

那，我想去巴西，我想进世界杯。我说。

这个的确很远大，但有点儿不切实际，你不能因为看了个动画片就这样，太随意了。庚哥教训道。

我有点不服，怎么了，你不也看了个电影，就想当赌神吗。

庚哥挠挠头，这不一样，电影是真实的，但动画片是假的，编出来的。

什么？电影里演的全是真的？我从来没听过这样的言论。那电影里死人了，也是真的？真死了？拍一部死一个？我问。

对，真死了。庚哥点点头。

不可能，那成龙演了那么多电影，怎么没死？我反驳道。

因为他是成龙，成龙是不会死的。庚哥这样说道，不容置疑。

我无法反驳了。

好在庚哥也不想再继续这个话题了，他说，你不懂就不要问了，你没上过自然与科学，所以是不会明白的，这是哲学问题。

6

比起哲学，我此刻更加关心的是，我们接下来要去哪儿。我注意到了天气，从早上到现在，一直没出太阳，此刻，天空聚起了乌云，我似乎听到远处传来阵阵雷声。就像大舅说的，要下雨了。

我问庚哥，接下来该怎么办，天气预报说会有暴雨。

不会，放心吧，天气预报不准的。庚哥信誓旦旦。

不，肯定要下雨的。你听，都打雷了，我们不能干淋着吧。要不，咱们先回去，等天气好了再去淄博，好吗？我问。

你傻？拿着这么多东西，回去了怎么交代。庚哥说，你就听我的吧，你跟着我走，我有地方去，能避雨。

我们紧赶慢赶，终是在雨点掉落前赶到了庚哥所说的能避雨的地方——一座修建在漳卫新河河坝上的小屋。

庚哥说他和朋友骑车来过这儿，这里平时没人住，只在浇地的时候才有人来，住在这里看守电机和水泵。

我把脸贴在玻璃窗上往里看，屋内灰灰暗暗，只有一张积满灰土的空板床，散落着几根断掉的电线。

那里面有个灶，我以前爬进去烤过地瓜，今天咱就在这儿，能避雨，晚上还能点火烤馒头，烤玉米。庚哥一面说着，一面用镰刀刃儿撬出了门锁上的荷叶钉儿，推开了门。

我一眼就看到了庚哥说的灶，砌得很不用心，挨着墙壁围成个四方，做成个炉子的模样，大概只是在浇地时烧水取暖用吧。

庚哥说要赶紧捡点儿能烧的东西，棉花柴、麦秸秆儿、棒轴、草苫……不管是什么，只要能烧就都要。

我便出去四下找寻，相中了坝下不远处刘范村场院里的柴火垛。因为阴天的缘故，路上无人，我们一路小跑，放心大胆地到那里搬了几趟，直到豆大的雨点噼啪落下，我们才收工，又顺手在路边掰了四五个玉米。

庚哥蹲在地上引火，当灶台中的火焰缓缓跃起时，屋外的天地正陷入一场盛大的黑暗，乌云从南到北，吃掉天空中最后一丝光亮。此刻还是晌午，天空却漆黑如墨。

忽而之间，一声闷雷炸起，雨势兀地变大变急，宛若千军万马呼号而下。

我趴在窗上向外看，费了好大力气才隐约分辨出漳卫新河的轮廓，不远处的河水打着旋儿向东湍急而去，消失在沉沉黑暗中。

庚哥正忙着用镰刀把一根棉花枝削尖，然后将带来的馒头掰开，扎透，固定，架在火上烘烤。很快，焦酥的香味儿冒了出来，但我却毫无食欲。

哥哥，有灯吗？太黑了。我问。

没电，哪儿来的灯，等雨停了就不黑了，你要是害怕，可以把火烧大点儿。庚哥说。

雨得下多久？我继续问。

我哪儿知道，可能一天，也可能一会儿。哎，你吃不吃？庚哥说着递过来一块烤馒头。你先吃，一会儿我再烤俩玉米，我最会烤了，真的。

我举着串馒头的棉花枝走到板床边，用脚踢掉上面的电线，又抓了几把麦秸秆儿铺匀，然后趴在上面默默地看着继续烧烤的庚哥，他蹲在灶炉前，挑着两个玉米在火上反复翻转着。他的影子投在墙上，弓背，低头，却莫名显得高大强壮，炉子里的火焰并不稳定，一跳一跳的，于是庚哥的影子也跟着忽闪，时大时小，忽隐忽现。我还看到火光中不断有火星儿出现，它们旋转着，快速上升又消失，在黑暗里划出一道道明灭的线。

又看到庚哥一会儿就要捅一下炉子里的柴火，我便忍不住想，火大概是有牙齿的，它把柴火卷在嘴里，用力咀嚼，那些时不时传出的噼啪响声，就是棉花枝的骨头在慢慢碎掉。然后，我又想到了妈妈和大舅。我想大舅现在一定发现我和庚哥不见了，失踪了，可他又找不到我们，那他会怎么办呢？会打电话把这个消息告诉在淄博的妈妈吗？妈妈知道了又会怎样呢？会想起她在盐山老家还有个儿子吗？她会着急吗？

很快，庚哥打断了我的胡思乱想。他说你不要就知道趴着，你看我两只手都占着，还得添柴翻火，你过来帮忙，咱们现在，得自食其力，自力更生。

自力更生就是要自己养自己，我觉得自己暂时还不做不到这一点。庚哥比我大，可也大不了多少，他能做到吗？也许他能照顾好自己，那么我呢？我该怎么办呢，我会饿死吗？我忽然体味到了生活的不易。爸爸，还有妈妈，在淄博也过得一定很辛苦吧。他们第一次去到那里的时候，也是以陌生人的身份，闯到一个陌生的空间，他们是怎么坚持下去的呢？

我爬下床，把一大把棉花枝折断，而后塞进燃着火焰的灶炉中。我问庚哥，如果我们一直这样下去，能活多久。

庚哥说他也不知道，但如果雨一直不停，我们肯定会饿死，或者冻死。他想了想又说，至少我们肯定不会渴死，因为外面全是水，这一点不用担心。

说话间，又是一阵电闪雷鸣，雨更大了。

7

这是我第一次如此近距离的感受一场暴雨，十岁，在一个无人居住的坝上小屋之中。

这场雨带我的感觉是那样的惊心动魄，豆大的雨点儿一个接一个地撞向玻璃窗，它们前赴后继，急促而有力，直撞得粉身碎骨，然后在窗上留下触目的印痕。风声呼号，时远时近，充满节奏地侵袭着满是铁锈的屋门，铁门颤抖着，发出咯咯的响声。在这样的环境里，阴森感、惊悚感从四面八方漫出来，将我紧紧包围，让我不自觉想起漳卫新河水鬼的传闻。

按照老一辈人的说法，在漳卫新河，是有许多水鬼的。传闻说，古庆云原本东南西北表立四门，分别唤作"瞻岱""观澜""拱宸""望海"。后因水鬼作祟，无奈关闭了南北二门，又斥巨资修建诸多庙宇，方才平息灾厄。直至如今，下雨天的漳卫新河，小孩子仍旧不能靠近。传闻那时会是水鬼们活动最为频繁的时间，它们会成群结队地游在浅水边，寻找落单的孩童，趁其不备，冲出水面抓住孩子的脚踝，拖到河里去。

大舅说我们班的小世杰，小时候就曾在河边失踪，村民们四处寻找，打捞，均无功而返。后来算命的疯姑说，世杰被水鬼带走了，好在抓他的水鬼年纪小道行低，只是嘴馋了而已，拿三鸡四鸭五斤凤仁酥就能换回孩子。世杰的爸爸按照疯姑的吩咐，将祭品投进了河水最深的地方，然后背对着河岸叩头道谢说好话。就这样，到了下午，世杰一个人回到了家，安然无恙。大人问他去哪里了，他回答说去了河边一个朋友家里睡觉。大人再也不敢多问，又买了许多吃的投进河了事。

此刻风声，雨声，灶炉里忽明忽暗的火光，墙壁上阴森可怖的人影，都恰到好处地配合着水鬼传闻的恐怖气氛。

　　我朝庚哥靠近一点，告诉他我害怕了。庚哥说没事，就算有水鬼他们也不会来的，因为我们没在河边，我们在坝上，它们爬不上来。

　　但狂风一刻不停地拍击着屋门，发出阵阵沉闷的响声，总让我觉得屋外全是水鬼在飞舞，他们用身体撞门，锲而不舍，一旦撞开就会撕扯着将我们拖到河里去。

　　庚哥说我们可以聊点儿搞笑的东西，这样就不害怕了。然后他开始讲一个傻子进城的笑话，我回到板床上慢慢地听，直到不知不觉地睡着。

　　也不知过了多久，忽听见哐得一声巨响，一阵冰凉的雨袭在我身上，我立刻惊醒。只觉得浑身湿透，冰冷刺骨，一股不知何处而来的狂风正将板床掀得摇摇晃晃。灶炉的火也已经熄灭，我置身一片黑暗，什么也看不见，什么也听不清。

　　又一阵狂风袭来，携着大量雨水砸在我身上，冰冷的感觉，仿佛是千万条水鬼围住了我，正在伸手揪住我的衣襟。

　　我吓坏了，眼泪在刹那间迸出，大声哭喊着：庚哥！庚哥！水鬼！水鬼来了！

　　紧接着，我听到了庚哥的声音：别动，别动，是门开了，门开了。

　　然后，我听到庚哥在黑暗里摸索着行动，他走到屋门处，将门用力关上，风雨声瞬间小了许多。

　　打火机！打火机！庚哥喊。

我赶紧四下摸索，找到打火机，哆嗦着擦亮了它。然后我看到了庚哥模模糊糊的身影，他正站在门口，侧着身子抵着门。

插销坏了，关不住门。庚哥说，你去把火点着，刚刚被雨扑灭了。

我浑身湿透，冻得瑟瑟发抖，却也顾不得这个，只能举着打火机，借助它微弱的光亮哆嗦着向灶炉走去。我摸了摸堆在墙角的棉花柴，又湿又软。我说，湿透了，点不着了。

翻下面的，找干的，必须点着。庚哥的语气不容置疑。

我返回去把板床上铺着的麦秸秆儿抱过来，塞进炉膛里点燃，又抽出柴堆下未湿透的棉花枝放进去。反复几次以后，温暖的火光终于慢慢地蹿起来了。

还有床，把床弄过来，我们得用它挡住门。庚哥继续靠在门上指挥，我依言照做，试图移动那个沉重的板床，但它太大了，我拽不动。

你过来挡着，我去搬。庚哥吩咐道。

我走过去用手扶住铁门，屋外的风还在较劲，它推搡着，想要再次将门打开，我用力挡住，丝毫不敢松懈与后退。铁门的触感又湿又凉，阵阵寒意混合着苦涩的锈味儿，透过掌心向我袭来。我用力撑着门，鼻子难以抑制的一酸，才停下的眼泪又流出来，然后开始抽泣。

好了，别哭了，想想大空翼，想想世界杯。庚哥一面用力拖着板床，一面安慰我。

　　我，我想妈妈，我想大舅。我说着，哭出了声儿，而且越哭越凶。

　　知道了，知道了，雨停了咱们就回去，回大舅家行吗，你别哭了。庚哥继续安慰我。就是下大雨而已，没什么的，勇敢点儿，男子汉，无所畏惧！

　　我不为所动，继续哭道。庚哥，我觉得我快要死了。

　　不会的，有我呢，我不会让你死的。然后庚哥又唱起了歌，他最喜欢的那首，郑少秋的《誓要入刀山》。他唱道——愿与你，尽一杯，聚与散，记心间。勿忘情义，长存傲气，日后再相知未晚。

　　我抽泣着，喷出一大截鼻涕，你别唱了，别唱了，我更觉得自己要死了。

　　那行，那我不唱这个了，我给你唱《足球小将》的，Dash！Dash！Dash！庚哥说。

　　不对，你唱得不对。我一面哭，一面纠正他，应该是，Kick and Dash！

　　好好好，那你唱，你唱。

　　风雨还在继续，但我的情绪在慢慢趋于平静，只是在内心深处，有关逃离窦家庄的想法，半点儿也没有了。我仍然想念妈妈，但我也开始想念大舅，我想让他抱着我，回窦家庄去。

8

　　在我的有限的认知与记忆里，时间是第一次走动得这样慢。

一夜过去，雨始终没有停，哗哗地下着，幸运的是风渐渐地小了，窗外也开始有了些许光亮，不再如先前那般一片漆黑。

抵着铁门的板床被门缝中渗进的雨水浇湿，我和庚哥蜷缩着，四肢冰冷。

那张地图也躺在我们旁边，因为雨水的浸泡，它早已泛白，肿胀，紧贴在木板上，露出一根根触目惊心的褶皱与刮痕。庚哥想把它撕下来，可捏住一角，还未用力，地图便四分五裂开来。

完了，用不了了。庚哥说。

没关系，反正我们也用不到它了。我说，等雨停了，我们就回窦家庄去。

嗯？你真要回去？庚哥问。

不然呢？难道还要去淄博？我们根本去不了。我说。

去不了淄博，也不能回窦家庄。我们回去了，绝对会被大舅打死的。庚哥说，你不能因为一场雨，就吓傻了。

我不再说话。

其实我觉得大舅人还不错，这一次我们虽然犯了错，会惹他生气，但还不至于气到他打死我们。亮亮哥小时候也常惹他生气，每天挨打，可亮亮哥还是活下来了，还娶了老婆。这样一想，我觉得庚哥太悲观了，他把大舅想得太可怕了。

我跟你说，我昨天都想好了，如果我去不成淄博，我就随便去一个城市，反正我绝对不会回窦家庄的。庚哥说。

你要怎么去？我问。

我找一条火车道，然后沿着它走，遇上开得慢的，我还能搭顺风车。庚哥说。

你别去了，太危险了，跟我回窦家庄吧。咱们一起玩亮亮哥的游戏机，嗯，以后再打魂斗罗，我保证不跟你借命了，让你通关，行吗？我祈求道。

你别管我了，你回窦家庄吧，大舅对你那么好，肯定不打你。庚哥一面说着，一面转过脸去，将头靠在窗前。但我就没办法了，大舅说得对，我臭名昭著，他肯定不会原谅我的，我只能亡命天涯了。

我也凑过去将脸贴在窗前，那里原本沾满灰尘，如今早已被雨水洗刷干净。

太牛逼了。庚哥说。你看，新河发大水了，玉米地都被淹了。

的确如此，在我的视线里，大坝被雨幕笼罩，仿佛披上了一层薄薄的虚影。而坝下的漳卫新河，同样显得朦朦胧胧，但它依旧保持着一往无前的姿态，一路向东奔流而去。唯一不一样的，它看上去宽阔了许多，那是因水位上涨，吞没了低岸上所种植的庄稼。

你说，村子也会被淹吗？我问。

不知道，可能会吧。不过咱们在大坝上呢，这里肯定淹不到。庚哥说。

我低头看看小屋的地面，那里积了许多从门缝渗进来的雨水，很深，已经可以没过鞋面。我有点担心大舅，如果村子也发了大水，他该怎么办，妗子怎么办，小狗崩豆儿又怎么办……况且，如果大雨一直下，河水一直涨，那整个盐山，都会变成大海的吧。到那个时候，大坝也会被淹没的吧。我们又该怎么办呢？

我把自己的忧虑，通通说给庚哥听。庚哥依旧乐观，他说如果这里变成汪洋大海，那我们可以把板床当作木筏，然后顺顺利利地逃出去。

好，那我们就先划着板床去窦家庄救大舅和妗子，然后再划去淄博救爸爸妈妈。我说。

庚哥不再说话，跳下床去收拾地上浸湿的柴火，他想生火，烤一些吃的。

我坐在床上，扒着窗户，盯着不远处坝下的河流，想着，如果世界真的全部变成大海，人们又该怎么生存呢？我们是该生活在海底，还是该生活在海面。

海底听起来似乎有点危险，而且，我觉得自己并不能变成一条鱼去生活，那不现实。所以我们只能在海面上造房子，但这也不大方便，就算造出来了，房子都在不停地移动，睡醒一觉，就发现自己的家出现在了陌生的地方。那样，我们的邻居也在不停变化，一会儿是男，一会儿是女，一会儿是中国人，一会儿是外国人，这怎么办？这样一来，人就太孤独了，永远不会有朋友，所有人都在漂，漫无目的。

我打了个冷战，不敢再想下去了。

柴火潮得厉害，庚哥折腾了半天也没能将它们点燃，最后，他放弃了，抱着两个凉馒头坐回到我身边。我们小口小口地啃着，盯着窗外的雨水，以及坝上的公路大道发呆。

公路两侧充满积水，它们哗哗直流，携带着一束又一束麦秸秆儿，应该是路边人家的麦秸垛被暴雨冲垮了吧。偶尔，也会有几辆车子从远处蹿出，溅起几簇水花后，又消失在我们的视线中。

你说，大舅会开着他的大卡车，来这里接我们吗？我一面啃馒头，一面问庚哥。

拉倒吧，他根本不可能找到这里来，要是真被他找来了，我就死定了。庚哥说。

我没接话，但在我的心底，却升腾着无限的期待，希望那轰鸣的马达声再次响起，希望那倒车时熟悉的，从玻璃窗蔓延到心底的战栗感再次出现，出现在这个陌生的、冰冷的小屋。

但我等了很久很久，也没能听到熟悉的马达声，更没有感受到熟悉的颤动。我对庚哥说，完了，没有人能来救我们了。

救什么救，这又不是生死绝境，等雨停了，依旧是好汉！庚哥说，你看，雨比昨天小多了，早晚会停的。

那，等雨再小一点儿的时候，我们就走吧。先回家，回大舅家，淄博、澳门，等我们长大了再去，行吗？我说。

庚哥显得有些犹豫，他看了看手中的凉馒头，半天后终于点了点头，说道，那，大舅打我的时候，你拦着点儿。

好。我说。

我依旧充满期待地趴在窗前，我在等这场大雨变小，那时，我就可以和庚哥回家了。

9

时间慢慢地走，天空愈发地清明起来，雨也终于变得淅淅沥沥，可以行走了。

我跳下床，默不作声地望着庚哥。

庚哥叹口气，唉，为了你，我明知山有虎，偏向虎山行。

我们收拾好东西，移开了板床，拉开小屋的旧铁门，一阵清凉的风扑过来，撞在我们身上。

出发！庚哥挥舞了一下手中的镰刀，大声道，于晓庚单刀赴会，战虎狼！

不是战虎狼，是找大舅。我纠正道。

对你来说，那是大舅，对我来说，那就是虎狼，他会揍我的。庚哥说。

没事儿，我保护你。我正说着，忽听到远处传来微弱的呼喊，喊得正是我们的名字。音调拉得长长的，飘在空中轻轻地荡。

是大舅来了。我兴奋地挥舞着手臂，沿着公路奔跑起来，脚下趟起细碎的水花儿。

很快，我就看到了大舅的身影，他带着一帮人，身披沾满泥污的雨衣，费力地行走在坝下泥泞的河岸边。我大叫着向他招手，眼中溢出喜悦的泪水。

大舅。我哭着叫道。

哎呀，哎呀。大舅迈着大步爬上来，一把将我揽在怀中。我看着大舅，他的眼睛布满血丝，满是胡茬的脸上溅满泥点，高筒雨鞋的鞋筒中也满是积水。

我们，我们想去淄博，找爸爸妈妈。可是下了大雨，淄博去不成了，窦家庄也回不去了。我说。

大舅并未听完我的话，他轻轻地在我身上拍了几下，笑骂道，你们也是能折腾，胆儿也肥，拿俩馒头就敢走，真当自己饿不死啦？

还有你，在那里装乖呢？大舅指了指站在不远处一动也不敢动的庚哥，杵在那儿干嘛？躲我呢？还拿个镰，想干嘛？去淄博帮山东人民收麦子？

庚哥嘿嘿地笑起来，挠了挠头，将镰刀藏到了背后。

大舅，大舅。我拉着他的手，指向波涛滚滚的漳卫新河。你看，水把地都淹了，这是不是电视上说的，发大水了。

大舅把我搅在怀里，用力搋着我的脑袋说，对呀，地也淹了，房子也淹了，你没地儿去啦。

不信！我不信！我叫嚷道，肯定是没淹，要是淹了，你就不是走着来找我了，你就得坐在大盆里，划着搓衣板来找我啦。

大舅爽朗地笑起来，啊，对对，你说得都对。然后他一把将我高高抱起，走吧，跟大舅回家。

庚哥跟在身后，踩着大舅的脚印慢慢地走着。

你们要是想妈妈，咱们一会儿回家了，就给他们打个电话，把他们都叫回来。咱们就说，就说家里发了大水了，赶紧回来救命呀，行不行？大舅说。

那他们会信吗？我问。

不信也得信呀，这么大的雨，这么大的水，浇坏了多少庄稼。大舅说着，故意将雨衣帽上的积水抖进我的脖颈。我咯咯直笑，轻巧地将下巴靠在大舅肩上，雨衣湿漉漉的，很凉，但也很舒服。

庚哥也走过来，他一言不发地抬起手，轻轻地捏住了大舅的衣角。

北方的鸽子

想象一下立春后的村庄，想象傍晚五点钟因细雨而湿润的屋顶。在那里，青砖烟囱正腾起青烟，柳树也未抽芽，只有光秃秃的枝桠在微风中默然垂立，鸽子们躲进笼，扇动翅膀的间隙里发出阵阵低鸣。

舅舅蹲在房檐下算一笔账，二十对鸽子，年底能产七窝，假若无病无灾活下大半的话，还是能卖不少钱的。而后他又摇摇头，不对，不能这样算，小鸽子四个月大时也会孵蛋了，这样一来，一窝，两窝，三窝……很快舅舅便算不清了，于是掐灭烟头，拿起挂在铁锹把上的外套，慢悠悠出了门。他要去家北，去那一大片空着的土地上去转一转。

　　如果，我是说如果，你看到了舅舅在家北时的样子，那你大概会爱上他。因为，在他贪婪地扫视着家北每一寸土地时，就像一个正在检阅部下的将军，庄严、肃穆，同时，他又像一个正在挑选婚纱的新娘，仔细、认真、温柔满满。

　　在家北，舅舅要选出他所认为的最优秀的三块地，然后筑基，画方，浇梁，起墙，上梁，封顶，铺瓦，装修，最后再把它们送给自己的三个儿子。这还没完，他还要物色三个儿媳，把她们迎到儿子的新房去，这事儿要办得风光漂亮，不能没了鲁家的面子。

　　以上，就是舅舅这一生要做的所有事了。不多，两件，却已经把他的后半辈子安排得满满当当，构成了他毕生的念想。当然，这也是他与生俱来的使命。而家里那二十对鸽子，则是这一切的起点。

　　在北方，在我的家乡，鸽子不叫鸽子，叫鹁鸪（gou），轻声，发音急且短促。它们的样貌也丑陋，灰褐的翅羽上沾满泥点，腿脚粗短，爪上布满粗糙的褶皱。它们在石棉瓦搭建的棚顶上行走、觅食，灰白的尖喙啄下去，发出笃笃的撞击声。这样的鹁鸪，就像枫林镇的甘蔗，不仅仅是农物，还是糖，是纸，是年初的新衣，是田间的粮种，是九月孩子的学费，是通往活着的车票。和你在电影里看到的鸽子一样，北方的鸽子同样代表着宁静，祥和，以及希望。只是，不同的，它们沾满泥污，从未一身素白，它们不通人性，惯于在房顶和墙沿上留下粪便，它们聒噪，整日发出不合时宜的咕咕声，它们市井、俗气、难登大雅。它们，和我们一样。

舅舅用三合板制作鸽房，挨着墙角，依檐而钉，怕木头遭不住雨水，又铺一层薄薄的铁。鸽子们不懂挑剔，简陋如此，依旧发出欢喜的咕咕声。或许对它们而言，这样依檐而钉的住所已是此生最为心安的所在，任凭风吹过来，雨打过去，只要木笼安稳，只要水和食物尚在，一切便都无忧了。这是农人的禀性，鸽子却也继承得恰到好处。

家北那几块地，舅舅心中早已有了决断，只是他掏不出足够的现金，又怕被其他人抢了先，便揣两瓶酒去大队里说好话，想先付一半，余下的等房子起来后再慢慢还。

大队的人说，你想嘛呢？这是嘛？这是地！你当小卖铺里的糖呢，还带赊账的？全款，少一分，地都不给你。

舅舅讪讪而去。

吐了半天唾沫星儿的大队官员不知道，在几年以后，贷款成为政策，分期成为潮流。而愁容满面的舅舅也不知道，在还房贷这个新鲜事物出现以前，他就抢先一步成为了房奴，领先了时代。

舅舅始终无法算清二十对鹁鸽究竟能为他带来多少收益，但有一点毋庸置疑，它们无法带来地皮和新房，哪怕数量再翻十倍百倍也不够。于是，舅舅将目光转移到了牛的身上。在那个拖拉机收割机尚未普及的年代，谁家会没有一两头牛呢？那是村子里最金贵的事物，耕地拉犁，跑车运货，必不可少。

很快，舅舅蹬着他破旧的大梁自行车，跑遍了附近大大小小的村落，他挨家挨户地问，家里，牛犊子有吗？卖吗？

对大多数农人而言，牛犊实在是让人烦不胜烦的物种。首先，它没有耕作能力，除去吃喝拉撒睡，就只剩在院子里横冲直撞了，而且，它还不能套绳索栓着，万一倔牛脾气一犯，能把自己生生勒死。因此，多数人愿意选择将其出售，而非养大。

舅舅的计划是，低价收购几只牛犊，悉心饲养个半年，上了鼻环，会下地了，再高价出售，赚取差价。

反正草不花钱，麸子也便宜，干嘛不养，顶多费点儿工夫嘛。舅舅这样说着，便去行动了，他信心满满。

阿乙在他的随笔中谈及"自由"，说人们普遍恐惧于事情的重复，重复感会制造懊恼，让人感到不自由。

当三只牛犊被舅舅带回家后，舅舅也陷入了一日一日的重复：五点饮牛，七点下地，九点割草……一件件排下去，日头便一声不吭地沉入到河边的阴影中。

但好在舅舅有盼头儿，他在日复一日的循环里一点儿一点儿地抠着希望，麦子长势不错，牛犊壮了，笼里又多了两枚鸽蛋……就这样，舅舅把自己的盼头儿挂在嘴边絮叨着，一天、两天，直到它开花结果。

于是，在漳卫新河的河岸边，你会看到一个戴军帽的男人，他成百上千次地挥舞锄头，成百上千次地弯腰又起身，但他每一次都坚定不移，每一下都义无反顾。

冬小麦长过小腿的时候，舅舅决定给鸽子开笼，即打开笼子，将其放飞散养。

你知道，这是有风险的，假如鸽子对这个"家"没有归属感，那开笼的后果会很惨，它们永远地飞走，自此家鸽变野鸽。偏偏鸽子又是关不得的鸟儿，锁久了会呆傻，长不好。

舅舅的开笼工作并不顺利，最先放出的两只一见天便飞远了，其余的也对着天空躁动不安。舅舅只好重新上锁，按照老一辈人教得"饿到它们认识你"这种方法继续驯养。

一周后，舅舅再次打开了笼子。十九对鸽子跳上房顶，无视了院中一地的粮食，它们直愣愣望向远处的天空与树，似乎心有所动。舅舅不敢出声，更不敢乱动，生怕吓到它们。

直到夜幕降临，鸽子们全无归笼的迹象。它们曾飞离院子，但很快又折返，不敢飞太远。这期间，舅舅所做的，就是坐在墙角的阴影中，提心吊胆地，一遍又一遍清点着鸽子的数量。

如此反复着，不出几天，鸽子便适应了笼外的生活。它们吃院里的食物，也慢慢地开始依从舅舅的命令，起飞或降落，到晚上也知道自觉回到鸽房。甚至，还会有不知从哪儿来的野鸽，隔三岔五地出现在院中，舅舅抓出一大把粮食，轻易地锁住了它的心。

很快，舅舅和他的鸽子成为村中的一道风景。傍晚，舅舅吹着哨子爬上屋顶，手中挥舞一面破旧的红色旗帜，鸽群闻声而动，在他头顶的高空盘旋，翅膀震动，发出有节奏的"唰唰"声。

时间慢慢滚动。

河面上开始出现一道道渔网，岸边的榆柳枝繁叶茂，小麦成熟，被农人整齐地割倒在田垄上，铺成一片片金黄的海。

舅舅的鸽群以肉眼可见的速度壮大着，一窝又一窝的雏鸽离开鸽房，飞向高空，在风里盘旋，起落。当风从鸽子翅羽间滑过的时候，牛犊也不声不响地长大了，它们不再横冲直撞，老老实实地扣了鼻环，上了格头，拴养在棚栏中。

在华北平原，收完小麦，就要种玉米了。舅舅打算趁着农忙，将三只牛高价出售。是的，这本应就该是收获的季节。

我该怎么描述那个夜晚呢，星星们隐在厚实的云层里，风把铝制的电视天线吹斜，鸽子们默不作声，忙碌了一天的舅舅也沉浸在鼾声中。我是说，一切都平静如往常，直到后半夜。

舅舅是被一阵突如其来的忐忑唤醒的，他在睡梦中惊起，吓坏了我的舅妈。他听到鸽子们充满不安的叫声，叽叽咕咕，此起彼伏。

舅妈问，怎么了？闹黄鼬（黄鼠狼）吗？

舅舅没说话，他摸着手电，趿拉着布鞋走到院中，只看到了四敞大开的院门，以及空空如也的棚栏，牛不见了。

这是惯犯了。舅舅说，他们有好几个，事先踩了盘子，有备而来。他们知道每把锁的位置，还带了专门的嚼子给牛套上，牛没法出声儿，只能老老实实被牵走。

天一亮，舅舅便跑去大队说明情况。当值的打电话向城里的公安备案（乡下没有警察，最近的派出所在城里，路途遥远），他们说，不要急，等消息。

可舅舅怎能不急？他急得快要疯掉，恨不能瞬间揪出那几个贼人。

于是，舅舅再次踏上那辆破旧的大梁自行车，跑遍附近村落，挨家挨户地打探，是否有人家莫名多出几头牛。

当然，他一无所获。

事情的转机出现在下个月。街上的人说，昨夜，前塘村有人偷牛被发现了，全村的男人们打着手电往野地里追，堵进了前塘后塘间的芦苇荡，现在还在里面藏着呢。舅舅二话没说，推起自行车匆匆出了门。

一直到傍晚，舅舅才蹬着车子回来，坐在房檐下抽闷烟，一语不发。

他们抓住了贼，但那人一口咬定自己是初犯，人们无可奈何，将其扭送大队后，舅舅空手而归。

那天，舅舅沉默地坐在檐下，望着庭院中大大小小的鸽子出神，留下一地烟头。他忘记了喂鸽子，而鸽子们也不曾催促，它们静立在舅舅脚边，像他一样在夕阳的余晖中保持缄默，如同书写在大地上的一个又一个逗点。

牛始终没有找回，让舅舅等消息的警察也未曾出现。大队在事后拿出一笔补贴金，以此来阻止舅舅往上报。他们说，认了吧。

那就认了吧，反正生活总要继续，就像天气转寒，而鸽子仍要飞。

不久，从市里打工回来的人说，这季节，拉辆车去市里卖粮食水果是很赚的。那人举了很多例子，哪个村的谁谁谁赚了多少多少，盖了什么什么房子。舅舅听到盖房二字，立刻动心了。

他和舅妈商量这件事。舅妈问，你拿什么卖呢，用那辆破自行车吗。

舅舅沉吟半天，那，买辆三马车。

舅妈说，你真是想一出是一出，嘛也不懂，听人家吹两句，就坐不住了，真那么好赚，他自己不干，跑过来告诉你？再说，你上哪儿进货，上哪儿卖，路上遇到劫车的大盖儿（交警），咋过？

舅舅说，我都算好了，早上三点走，到毛集装车，接着奔市里，就在外围，不往深了去，到后半晌儿六点了往回返，十点到家，你晚上给我留口饭，正好。

不行，太远。舅妈拒绝，你一个人我不放心。

有嘛不放心的，我跟他姨夫搭伙儿。俩人，去时候我开，回来他开，俩人照应着，没问题。舅舅说，就这么定了，你甭拦我，过日子嘛，出多少力赚多少钱，天经地义。

舅舅就这样风风火火地成为了一名商贩，他出门时头顶星光，回家时又身披月华。

幸运的是，几趟跑下来，舅舅安安稳稳地回了本。他很开心，进门就向舅妈吹嘘，又有了多少固定的客人，挤破了头来抢购他的水果。

舅妈不再多说，只是闷头把热了一遍又一遍的干粮端上桌。

灯影摇曳，舅舅一个人大口地咀嚼，吞咽，太阳穴上的青筋活泼而有力的跳动。

他知道，买下那几块地皮，只是时间的问题了。

当然，还有鸽子。

自从舅舅做起生意，家里的鸽子便少有空闲去照养了，不过在城里，他摊位的不远处，有着另一群鸽子。

那是几个当地老人在赛鸽，他们在广场上"飞盘"（鸽子放飞的一种说法），鸽子们升空，围绕着水塔，一再盘旋，渐盘渐高，直薄云霄如翩然彩蝶，待到鸽子们或轮番回旋，或自高疾降，或低空轻掠时，俨然一幅精妙绝伦的画卷。更精妙的，老人们为每只鸽子都配了鸽哨，飞翔之时，哨音响起，忽高忽低，时轻时重，或平直，或婉转，回荡之余，各哨齐喑。舅舅又看又听，早已如痴如醉。

所以，在来年，舅妈催促着卖掉家里的鸽子时。舅舅大笑着拒绝了，卖什么嘛，有感情了，养着呗。

舅妈嘴上骂着，傻子哟，手里却捧起一大把麦粒，洒向天空。

如今，在我的家乡，再没有村庄养牛，也无人养鸽。我的舅舅得偿所愿，盖了三套漂亮的新房，有了三个贤惠的儿媳，抱了好几个孙子。他也开始有了新爱好——和老友打牌。

几年前，我回到家乡，看到舅舅躺在庭院里晒着太阳抽一斗水烟。

我说，舅舅，想象一下立春后的村庄，想象傍晚五点钟因细雨而湿润的屋顶。在那里，青砖烟囱正腾起青烟，柳树也未抽芽，只有光秃秃的枝桠在微风中默然垂立，鸽子们躲进笼，扇动翅膀的间隙里发出阵阵低鸣。

舅舅嘿嘿直笑，还记着呢？哎呀，老啦，养不动啦。

老了吗？舅舅，怎么我分明看到，在你的眼睛里，有一群又一群鹁鸽正在飞起，阵阵哨音里，它们随着一面正在挥舞的破旧旗帜作指挥，轻轻地，轻轻地盘旋着。

小侠
滕七儿

小侠滕七儿

天津卫本是水陆码头，居民五方杂
处，性格迥然相异。然燕赵故地，血气刚
烈，水成土碱，风习强悍。

——冯骥才《市井人物》

1

在以前，天津卫的小痞子们，个顶个儿的
凶。穿件儿粗布小褂，赤着胳膊，腰里别个家
伙事儿，嘴里叼根儿老西儿，横鼻子竖眼跟街
上晃悠。

这些个小痞子，单要是晃悠晃悠也就得了，
关键他们还找事儿，净欺负外地人。怎么欺负
呢，他们呀，天天往街上转，逮着个面生又面

善的主儿，就往人身上碰，碰完了再往地上那么一倒，哼哼唧唧，没完没了。您问这是干嘛？还能干嘛！讹钱呗！别瞅着挨撞的人是你，那出事儿的准是他，嘿，你要是不掏俩钱儿出来打发他们，呼啦啦就蹿出来几个人给你围住，那叫一个严实。你掏不掏？不掏可就动手儿。

但是最近这段日子，小痞子们一个个儿都老实了。为嘛？不为别的，就为一个人，滕七儿。

听旁人说，这滕七儿是沧州人士，也不知道家里出了嘛了不得的大事儿，十几岁的年纪就一个人跑来了天津卫。天津卫是个什么地方？要没人帮衬，怎么混得下去呀。所以，初来乍到的滕七儿，人生地不熟，睡了三天门洞子，实在是饿着肚子没辙儿了，跟了个挑夫，跑到码头扛大包。

那天滕七儿正扛着大包往岸上走呢，忽听见不远处有人大喊，抓小偷，抓小偷啊。他顺着声音往远处那么一瞅，看见岸上有七八个人，拦住一个穿灰色长衫的瘦子。再看那灰长衫瘦子，手里抱着一个布口袋，正弯着腰嘴里大喊，抢钱啦，救命啊。他旁边那几位呢，伸着手去抢那个布口袋。滕七儿从远处看得真真儿的，心说这哪是小偷儿偷东西，这就是明抢啊。想都没想扛着大包就冲过去了。

要说这滕七儿有劲儿，那是真有劲儿！两个百十来斤的大包压在肩膀头儿上，楞跟没事儿人似的，一溜烟就跑出去了。打远了一看，三百多斤的大包，一颤儿一颤儿的，楞像个厚布片儿。

"撒手！撒手！"滕七儿是一面跑一面喊，"狗日的畜生，都给我散开。"

抢钱的几个小子没理他，正把灰长衫的布口袋给拽出来了，完事儿还伸手给灰长衫来了几个耳光子。要说，这周围瞧热闹的人是真多，但上去帮忙拦一下的，却是一个也没有。

几个坏小子得了手，瞪一眼围观的众人，大摇大摆转身就走，那模样儿，真是嚣张到没边儿了。大家一瞅他们这阵势，心里头怵得要命，谁还敢上去拦一下子。

就在这时候，滕七儿赶到了！就看他扶着大包的手轻轻一翻，一抓，又往外一送，几百斤的大包翻着花儿转着圈儿地就飞出去了。接着，便听见哎哟两声惨叫，已经有两个抢钱的小子被大包砸倒在地。您别看这大包在滕七儿手里头像个棉花骨朵儿，可到了那小贼的身上，哼哼，那就好比座小山儿，是真沉，动都动不了。

另外几个小子，光听见声音了，再回头一瞅，纳了闷了，心说这怎么回事儿，怎么转个身儿的工夫，就趴下俩呀。

这边纳闷儿归纳闷儿，滕七儿可不理他，眼瞅着他迈着大步，气势汹汹，噼里啪啦，剩下的几个也都倒下了。

围观的众人倒吸口凉气，竟连叫好都忘了，也不赖他们，七八个人，一个照面就全都收拾了，谁敢信啊！真神了，这是真功夫！

2

滕七儿救的灰长衫名叫张承来,是厢中道上承来面馆的掌柜。他眼瞅着滕七儿三下两下解了自己的围,少不得一番感谢。

走近了打眼儿一瞧,嚯!这小伙子,年纪不过十八,但身材高大,孔武有力。再往脸上看,模样儿也不丑,一张脸生得是端端正正,鼻梁高挺,大眼浓眉。嘿,整个人是远看近看上看下看,那叫一个精神!

张承来高兴啊,这么好的人才,怎么能在码头扛大包?干点儿什么不行,做这苦差事。于是开口道:我说小哥儿,你年纪轻轻,身手又好,却窝在码头抗大包,你这,你这委屈大了。

滕七儿说了,我不扛大包我干嘛啊,我就剩下这膀子傻力气了。

得了。张承来一合计,你跟我走吧,我在这城里头开了家门市小店,你要是不嫌弃,咱哥俩儿认个兄弟,你到了我那儿,我管吃管喝管住,工钱还照发。

滕七儿一听,这敢情好啊,答应一声,把脚底下两大包拾起来往工头那一撂,取了工钱就跟着张承来奔了厢中大道。

厢中道,在天津卫也是排得上号的繁华大道。这张承来

能在这里开店，也算是小有银财。但是一码归一码，张承来
这店开的，不顺当。怎么的呢？原来啊，在厢中道上，张承
来是出了名的老实人，胆儿小，怕事儿。这可让不少小混混
小痞子得了便宜，隔三岔五的就来他店里吃白食。

其实要光是吃白食不给钱，那也是小事儿，几碗面能值
多少，是吧？关键是这些小痞子一来，眼珠子一翻，哟五喝
六，呼天喊地，新客人吓跑了不说，旧客人也不再上门，这
样一来，面馆还能赚个嘛？

所以他张承来是日日愁，夜夜愁，怎么办呢？现在好
了，他有主意了，滕七儿啊。滕七儿的本事没得说吧，那几
个小毛贼，还能奈何得了他？

于是，张承来把自己店里那闹心的事儿一股脑儿全说出
来了。滕七儿一拍胸脯，说哥哥哟，你就放心吧，有我在，
你看谁敢来店里找麻烦。

就这样，滕七儿在承来面馆安顿下了。

没两天，爱来闹事儿的小痞子们过来了，一伙人嘻嘻哈
哈走进门，挑几个干干净净的座儿大剌剌那么一坐，发话
了："老板哟，老样子，一人一碗面，多放肉！"

张承来嘴上应一声，眼睛却往滕七儿那里瞟，想看看滕
七儿什么反应。滕七儿呢，他没说话，像是什么事儿也没发
生，一脸平静，冲着张承来微微一点头。

张承来心下会意，没吱声儿，转身进了厨房。

不多时，几碗热气腾腾的大碗面端上来了。小痞子们吃

得那叫一个带劲儿,小筷子抡起来,嘴里嚓的是呲儿呲儿带响儿。

这边儿几位吃得热闹,滕七儿那儿也没闲着,就见他拎着一张凳子往门口正当中轻轻一放,也不言语,翘个二郎腿儿,把门堵上了。

一会儿小痞子们吃饱了,抹抹嘴这就要走,一抬眼,瞅见门口还挡着一位,心里头纳闷儿,这位嘛意思啊!

没等他们几个说话呢,滕七儿先开口了:"哥几个都吃好了?"

"吃好了,吃好了。"

滕七儿又问了:"那这是要走了?"

"吃好了可不要走嘛,难不成还在你这儿住一宿?"

滕七儿说:"你走,我不拦着,但你们哥几个是不是忘了点儿啥,饭钱没给呢吧。"

这话一说完,小痞子们领头的那位乐了,不光他乐,旁边那几位也跟着乐。

领头的说:"小子,你刚来的吧,你到这厢中道上随便拉个人问问,爷在这地界儿吃饭嘛时候掏过一分钱!"

滕七儿接口了:"掏一分?那不能,一分可不够饭钱,喂牲口也不止这点儿啊。"

小头头一听这话,火气上来了,张嘴骂道:"妈了巴子的!你跟小爷叫板来了?你介是要找事儿是吧?瞅你那倒霉模样,武大郎耍棍子,你人蠢家伙笨。"

边儿上几个小痞子也围了上来，嘴里边儿骂骂咧咧，让滕七儿滚蛋，说是好狗不挡道儿。

滕七儿也眼珠子一瞪，腰一挺，骂道："你们这几个杂碎，甭叫唤，今儿个不给钱，一个也别想出去。"

领头的一挥手，说道："他奶奶的，你小子介是悬崖边上翻跟斗儿，你找死啊你。哥几个都给我上，往死里修理他！"

就这么着，两拨人动起手来。

至于这架究竟是怎么打的，没人知道。倒是有承来面馆附近的人说，当时就听见面馆儿里小痞子们骂街，接着瞧见坐在门口的那位，站起身把门关上了。再后来，听里面是叮当乱响，桌子凳子哐哐地撞，还有人嗷嗷叫。老半天以后，门开了，小痞子们一个一个被扔了出来，身上脸上，被揍得青一块儿，紫一块儿。

3

滕七儿在承来面馆儿和小痞子们狠狠地干了一架，砸坏了不少桌子凳子，但张承来不怪他，反倒是挺高兴，为嘛？解气啊！平时店里生意有事儿没事儿就被这群人糟践，现在看着这伙人被摁在地上教训，张承来心里那叫一个舒坦。

小痞子们开始也不服，叫了不少人来寻仇，奈何滕七儿猛啊，往面馆门口一站，那就是一尊神，门神！你来一个我打一个，来两一个我打一双。

几伙人接连吃几次亏，都认栽跑了，再也没敢来。这一下，连带着厢中道整条街都清净了，没一个人再敢来闹事儿。大家伙儿都高兴，谁愿意好端端地总被小痞子欺负啊，现在好了，厢中道出了个大英雄，滕七儿，一个人让整个厢中道都太平了。

从此，滕七儿有了个外号，叫小侠。

俗话说，这人怕出名猪怕壮。

滕七儿小侠的名号一传十，十传百，百传千千万。敬佩他的人多，嫉妒他的也不少。这也没辙，咱天津卫人自古好武，单那英雄豪杰就出了多少？霍元甲，韩慕侠，臂圣张策，这都是天津卫出来的大师。

没多久，便有武林中人找上门来，点着名要和小侠滕七儿切磋比试。

滕七儿才多大，孩子脾气，莽得不行。平时被大家伙一口一个小侠叫着，难免被捧出来不少傲气。现如今，有人门前叫阵，怎么办呢？不含糊！打！

最开始挑战滕七儿的，是西青区一个小有名气的武师。这武师和滕七儿在后院打了一场，俩人没打多久，他就一瘸一拐地走了。

好事者去问，这小侠滕七儿武艺如何啊？是不是名如其人啊？这武师也敞亮，张口就夸：别看这滕七儿年龄不大，但一手劈挂拳，甚是老练，称一声小侠不为过。

打那儿起，人们都知道了，人家滕七儿年纪的确不大，但人家是正正经经的行家把式出身，那是个高手。

如此一来，挑战和登门拜访的人也就愈来愈多，滕七儿小侠的名头也就愈响亮。再后来，一些武术界的老前辈也找上门来。他们是想干嘛呢？他们倒不是为了比武，他们是想指点一下，提携后辈。

这就有好挑事儿的说了，这些个老家伙，那不是吃饱了撑的没事干嘛！不认不识的，人家也没求你，你倒能给自己脸上贴金，自个儿跑过来对人家指手画脚的。这是嘛意思？这是瞧不起人啊？

滕七儿少年心性，不懂那些弯弯绕，听见这话可气坏了，谁敢瞧不起我？我的名头那都是自己打出来的，谁敢瞧不起我？

这番言论一传出去，不少老前辈都皱眉，心说你再能耐，你也是个后辈，你狂什么呀。于是乎，在这些老前辈中，有个人发话了，这个小侠，我得掂量掂量，教育教育。

这个人是谁呢？正是天津卫里使刀的头一号人物，郑金纹！

要说这郑金纹何许人也，那是堂堂虎头少保孙禄堂的徒孙！嘿！单说人家跟孙老爷子这关系，放到武林里也是排得上号的人物。再且说，人家郑金纹也是有真本事，六合八极，通臂弹腿，地趟形意，翻子花拳，门门精通，样样纯熟！但最厉害的，还是那一口金纹九环刀，年轻时候砍遍了天津卫各门各派的高手。

牛不牛？狠不狠？嘿嘿，但是咱小侠滕七儿，不吃他那一套。滕七儿说了，你个老头儿，我跟你不认不识的，你算哪门子葱姜蒜，跑我这里来摆谱儿。

郑金纹也气啊，呀喝你个小辈儿，多少人求着我指点指点还轮不上呢！你个小子倒好，还跟我横上了，你这不是坐在轿子上骂街，不识抬举嘛！

其实吧，要说这俩人，有嘛好杠的。一个是前辈，一个是后生。老的包容着点儿年轻的，年轻的尊敬着点儿老的，不就啥事儿也没了？不介，这爷俩儿，一个比一个傲，一个比一个犟，谁也不让步。这一个不服，那一个不忿，可不就这么楞生生杠上了。

先是郑金纹撂了狠话，你小子，也就在厢中道牛，出了厢中道，你屁也不算。

滕七儿也急了，说你个老东西，甭仗着岁数大在这儿蹦跶，倚老卖老的，别人吃你这一套，小爷我不吃，你不是想打吗？来！三天后，鼓楼，一决高下。

4

战帖一下一接，那没个不打的了。好家伙，这一下，天津卫的老少爷们，得着信儿的全都疯了似的，老将对新英，那能不看？

嚯！到了决战那天，鼓楼去的人那叫一个多啊，围了个人山人海，水泄不通。

擂台上，滕七儿年轻气盛，也不多言语，既然来了，那就打吧！

郑金纹到底是个前辈，在天津卫也是一号人物，张嘴说道，哼，你是后辈儿，我不欺小，让你三招。

滕七儿心说我管你让不让呢，起手就是一记重拳。郑金纹抬手轻轻一挡，重拳的力道登时就被卸下去了。紧随着，滕七儿的本事一股脑儿全使出来了，滚，勒，劈，挂，收，摸，弹，砸，一阵快攻如同大雨倾盆，绵绵不绝。他练的是劈挂拳，这套拳法向来讲究吞吐伸缩，放长击远，招法珠连，带攻猛进，大开大合，一阵快攻自然是漂亮得不得了，霎时间，引得观众声声叫好。

郑金纹也厉害，自小拜名师，习百艺，一双铁臂应付得不慌不忙，守得那叫一个固若金汤。滕七儿眼瞅着自己的攻势悉数被挡，却一点儿不急，继续猛攻快打，他琢磨了，论武艺，人家不比自个儿差，论经验，人家更是甩自己一大截儿，所以，要是想赢，就得仗着自己年轻力壮，跟他拼速度！跟他拼耐力！

郑金纹也不傻，一看对面这架势，就知道人家这是要打耐力战了。他心下一盘算，得了，不能跟你耗，我得速战速决，你快，我就比你还快，你凶，我就比你还凶。

两人各自一琢磨，想法不一样，但是做法却一样，往快了攻，往猛了打。就见这边儿郑金纹飞身抬腿，一个下压，那边儿滕七儿双臂一架，用力一挑，拆完了招紧跟一个回旋踢反打。

这俩人打得你来我往，有来有回。大家伙看得那叫一个热闹！

但正热闹着呢，嘀嘀几声车鸣，一辆小汽车分开人群，慢慢地开了过来。

这是哪儿来的车呢？还不是外国人的。那会儿的天津卫，被划出各国租界，洋人们横行霸道，无法无天。

就瞧见那辆小车缓缓行进，车窗里探出个金发碧眼的洋人大脑袋，他轻蔑地往台上瞥了瞥，吐口唾沫，说了声，愚蠢！

洋人的声音说大不大，说小也不小，很多人都听见了，那叫一个气，他奶奶的，咱中国人在中国人自己的地盘儿上，竟然被一个洋鬼子给骂了！

等这汽车开远了，看热闹的都兴味索然，台上俩人也没兴趣打了，算了个平手以后。一老一少下台，一起奔了侯家茶馆。

5

茶馆里，两个人也斗不起来了，心平气和。

郑金纹说："你看现在这世道，怎么能不难受？咱自个儿的地盘，却是洋鬼子耀武扬威，不痛快！不痛快！"

滕七儿愤愤然叹口气，大口饮下一碗茶水。

郑金纹又说了："咱国人讲究气节，咱练武的，那更得讲究。"

滕七儿点点头。

郑金纹瞅一瞅他，继续道："我说滕七儿啊，街坊们喊你一声小侠，那是瞧得起你。可是，你自己好好想想，你当真是个侠吗？"

滕七儿听到这话，忽然愣了，很不解地望向郑金纹。

"什么是侠？张园儿摆擂击败英国大力士的霍元甲，那是侠！

"同盟会的杜心五，刺杀慈禧袁世凯，那是侠！

"保谭嗣同变法，靖赴国难的大刀王五，那是侠！

"我师公孙禄堂，年逾花甲，依旧迎战上场，力挫日文武士，那是侠！"

滕七儿听得这些，面红耳赤，连连点头，又觉胸口处热血沸腾，豪气顿生。

郑金纹停了停，又缓缓说道："敢为国家，为民族的人，那才是侠！你打几个地痞流氓，能算是侠吗？我靠着师父师公的名声混饭，我能算侠吗？"

"不能！"滕七儿听到此处，热泪盈眶，嚯地站起身，弯腰屈身，向郑金纹行了个大礼。

打那儿以后，厢中道上再无小侠。但天津卫却多了个保家卫国的战士，这些，倒是后话了。

自杀者手记

扫一下
秒懂实习编剧糟心日常

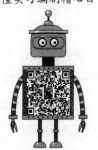

我想跟你谈谈死亡这件事，不是哲学上那种，而是很现实的，一个人嘎嘣儿没了，断气儿了。

很多年前，我大舅出了车祸，死了，我和表哥一起为他守灵。当时大舅躺在棺材里，我和表哥躺在草苇编成的席子上。

表哥问我，你说人死了还能做梦吗？

我说，不知道，也许能吧。

现在我可以告诉你，人死了以后，不仅仅能做梦，还能行动自如，能正常思考，能做很多事情。我之所以如此笃定，是因为在昨天下午的时候——我死了，自杀。

我说的死了，是真的死了，死透了，再也

活不过来。你肯定不大相信，那我就来详细地跟你讲讲，以打消你的疑虑。

首先，我是跳楼死的。你知道，比起割腕、服毒、卧轨，跳楼更简单，有效。它没有后顾之忧，只需迈出那关键的一小步。而且，除却死相不甚雅观外，它再无缺点。

自杀的地点我也很早就物色好了，老区大望路那边儿的一栋老式居民楼，不高不矮，刚好六层。这个高度很棒，既能确保我会被摔死，又不至于把我的身体摔得支离破碎，再合适不过了。其次，你看这楼的地理位置——老城区边缘地带，这里远离闹市，行人稀少，我既不必担心死后无人收尸，又不必担心惊扰过多的市民。完美。

昨天下午，天清气明，微风习习，阳光不骄不躁，一切都恰到好处，我一个人爬上楼顶天台，靠在防护栏上，点燃了一支云烟。风贴着我的皮肤滑过去，远处两只鸟儿朝着相反的方向飞离，我欣赏了一下天空和太阳，然后最后一次想你。

一点儿都不浪漫，我想起的是我们吵架的样子，你斜着眼，皱着鼻头，大呼小叫。你把头发撩到耳后，语气恶毒，还带着颤音儿，你说你怎么不去死呢，喝药投井上吊跳楼，那么多法子，你怎么不去死呢？中国每天那么多意外，死的怎么就不是你呢？

现在是我了。我这么想着，理了理头发，双足发力，从楼顶一跃而下。

刚跃起的时候，我觉得自己像被一股风托了起来，轻轻柔柔的，很惬意，我不自觉地伸开双臂，像张开一双翅膀。下一秒，我开始了下坠。

住在5楼的那位女士正在浇花，她哼着一首什么小曲儿，我没听清，不过可以看得出来，她心情不错。我飞速下坠的身影吓到了她，她口中一声惊呼，正在喷水的壶歪向一边，打湿了她深色的裤子。

女士的惊呼引起了连锁反应，路人们循声抬头，接着看到了正在空中飞速下坠的我，他们纷纷瞪大眼睛，嘴巴也不自觉地张大了。一个戴帽子的男人还大叫一声，哎哟我操。我嘭的一声落地，比他的话音略快一丝。

我死去的样子很丑，面向地面趴着，面目全非。全身的骨骼都摔断了，四肢朝着奇怪的角度扭曲，鲜血从体内流出，顺着柏油路面的纹路向四周蔓延，殷出一大块暗红。

路人们围上来，对着我的尸体指指点点。他们倒是蛮默契，自发地以我的尸体为中心，站成一个半径四五米的圆。

吓死人了，吓死人了，一个女孩儿这么说着，转过头捂住了脸。

别怕，别怕，有我呢。一个男孩儿站在她前面，顺势搂住了她，语气关切，动作敏捷。

报警啊，叫救护车啊。一个人这样喊道。

有的人听到了没动，有的人则开始快速地掏兜儿，最先打通电话的是一个秃头，他手指和声音都有点儿颤。

喂？110吗，你派一辆救护车。不，不是，没着火。不是，是有人跳楼了。东街，老城东街这边儿，哪儿？啊？经贸楼斜对过儿。嗯，对对对，快来吧，人命关天。

这秃头是个热心肠，这一点从他这慌乱的措辞里就能感受到。他挂断电话，搓着手在原地走来走去，看样子他是想靠近点儿看看，但又不敢。

此时也有人给医院打了电话，叫了急救车，这没什么用，我已经死透了。

十几分钟过去，警察没有来，救护车也没有到，围观的人倒是越来越多。他们把我的尸体围了个水泄不通，拥挤着，嗡嗡嗡议论着。不少人掏出手机拍照，估计是要把我发到他们的朋友圈儿去，万万没想到，当网红这事儿在有生之年未能实现，现在死了倒成了。其中有个年轻小伙儿最带劲儿，他比着剪刀手跟"我"合了张影。

一时间，整条街都被搞乱套了。密集的人群导致交通开始拥堵，过路的汽车无法通行，被迫排成一字长蛇阵，它们往前开不动，往后也退不了。司机们一边骂街一边狂按喇叭，嘀嘀嘀的声音此起彼伏。

就在这个时候，我看到了你，依旧是那幅素面朝天的样子，头发扎得很高，风一吹，它就跟着晃啊晃，看起来很傻。你衣裙的颜色也完全不搭，肩头缝合的部位还露着线头儿，你丝毫没有察觉，搬着你的自行车上了行人道。

喧闹的人群，并不能吸引你的注意，你只是朝着聚拢的人群匆匆瞥一眼，然后皱眉撇嘴，嘴里絮叨着什么。你的丈夫，也就是我，我的尸体就躺在距你三十米左右的地方，你浑然不觉，跨上车，头也不回地远去了。

我顿觉悲凉。

这时，我听到了警车和救护车的声音。警察疏散人群，指挥秩序，拉警戒线，寻找报案人员与目击者，试图调查我的身份，联系我的家属。我看着他们，心里却想着你，我决定去找你，看看你。

我不知道自己现在是个什么存在。灵魂？还是鬼魂？这不重要，我顺着你离去的方向慢慢飞，穿过人群，车辆，高楼，然后在第三个街口看见了你。

你正站在一个水果摊儿前，挽着袖子，唾沫横飞地和摊主讨价还价。

人家家儿都卖3块5，怎么你这儿就卖3块7？真会做生意啊你，还是你家东西比别家金贵？一路上问了好几家都没你这价钱的。你一口气狂轰滥炸，说得摊主接不上口，不得不让步。

等好不容易谈妥了价钱，你又一个水果一个水果地仔细翻拣，装袋儿上秤后，还眼也不眨一下地盯着表盘。你说，哎你这秤准不准啊，我告你啊，我自己有秤，我回头称了要是逮着你缺斤短两，非得回来找你来。

摊主儿被你吓怕了，说大姐我服了您了，我再搭您俩橘子成么？做您一单生意比我这儿待一下午都累。

你拎着水果袋儿，得意洋洋，仿佛打了场胜仗，头帘儿唰得往后一掀，一脸神清气爽的模样。你身后的水果摊主，叹气擦汗，好似送走一尊瘟神。

我不知道你为什么会变成这副样子，这么市井，俗气，为了两毛钱，在街头用尽各种尖酸刻薄之语吵嚷。

我还是喜爱你多年前的样子，长发垂肩，清纯可爱，对一切事物都保持着新奇与淡然。我还是喜欢你捧着诗集哼着歌谣从校园走过的样子，你把空气都感染得天真，好似无所不能。

可是现在呢？你看看，每一个清晨，你都会顶着乱糟糟，宛如鸟雀窝巢般的头发在客厅里走来走去。你总是一边刷牙一边准备早饭，满口白沫的模样，让我很怀疑煎蛋里是不是滴满了牙膏沫儿。你随便套两件衣物，毫不修饰就匆忙跑出家门，站在楼下的车棚里对着一排又一排自行车破口大骂，你说哪个乌龟王八蛋这么缺德没素质，停个车非得碍着你姑奶奶。你上班路上，自行车蹬得飞快，闯一个又一个红灯，还要对险些刚蹭到你的司机们翻白眼……

为什么会这样？你曾是青葱少女，安静不言语，可如今，却是一个不顾形象只看蝇头小利的妇人。我痛恨时间，痛恨生活，它们熬啊熬，熬得我们的年龄、外貌、性格都变了样子，熬啊熬，熬得我们的爱、婚姻、家庭也开始不堪入目，渐次腐烂。

我们为柴米油盐、鸡毛蒜皮的事争吵不休，烂掉的苹果，淘米时溢出的米粒，都能使我们大打出手，头破血流。我们再没有约会，没有饭后闲谈，没有街头散步。你在床尾哭泣，把手边所有的物件儿砸在地上，扇自己的嘴巴，指着我骂，你说你怎么不去死，中国那么大，灾难那么多，怎么就轮不到你。

我看着你跨上车的背影，内心情绪翻涌，百味陈杂。所幸我已经死了，变成一个孤零零的魂，我看着曾经让我又爱又恨的你，做不出任何表情，更流不出一滴眼泪。

我生在这个城市，从咿呀学舌到读书上班，再到成家立业，都在这里，不曾离开。这个城市见证了你我之间相遇相知又相互厌恶的过程，它四平八稳地坐落在这儿，不言不语，倒把人们也变得四平八稳，镇定自若起来，就像我的死，除却引起几声路人的惊呼外，再无波澜。

你也镇定，骑着你的车安静地走，心无旁骛，一言不发，刚买来的水果躺在车筐里，随着车把的晃动而晃动。

你还不知道我已经死了，我在想等你知道我死了的时候会是怎样的反应，会不会欣喜呢，会不会露出如愿以偿的表情呢。

前段时间，我在街上遇到上学时班里的那个高富帅，就是一直追你的那个。他看上去依旧很年轻，依旧是那副风流倜傥的样子，他向我问及了你的现状，他说你是个好女孩儿，又说我够福气。

我对你是有愧疚的，微薄的工资、木讷的性子、迟钝的言行，都是我愧疚的原因。我经常想，如果你没跟着我，那大概会永远保持着年轻，女神，翩翩然的样子。

还记得《苦役列车》里的那个家伙吗？因为我的无能，导致我们都变成了和他一样的人——残喘在生活中的丑陋虫子，没有眼睛，没有鼻子，没有耳朵，我们困于四壁，失去对生活的所有知觉。

亲爱的，你原本应该是一只悠闲的、快乐的、高贵的猫，是我，愣生生带着你活成了一只狗。对此，我很抱歉。我希望我的死，能还给你原本就该拥有的生活。

太阳低垂，慢慢滑进运河的波纹中，河边钓鱼的人们站起身，收拾战果。这正是一天中最安逸最神秘的时刻，你蹬着车，费力爬上河坝的公路，气喘吁吁。

你在路边支住车，并没有下来，只是双手脱离车把，懒懒地伸展胳臂。一队放学归来的孩子们经过你，他们唱着校歌，奶声奶气。你抬眼望了望天空，也跟着哼起了歌儿，长亭外，古道边，芳草碧连天。你就这样静静地停在夕阳里，挽着头发眺望远方，忽地露出微笑。

这画面似曾相识，让我猝不及防，它让我想起多年前，想起我最依依不舍的你，以及依依不舍的年华。我忍不住想要拥抱你，想要触碰你不再白皙的脸和眼角日益清晰的纹。

但你却弯身扶住车把，脚下一蹬，走远了。

在一家服装店前，你再次停下了车，透过璃窗看里面漂亮的衣服，由上往下。你还没来得及看下面挂着的标价，手机却叮叮咚咚地响了起来。

警察在电话里问你，你是陈步云的妻子吗，陈步云跳楼了。

你愣在那里，半天没出声儿，而后你问，什么呀，怎么了。

你是陈步云的妻子吗？陈步云跳楼了。警察重复了一遍。

然后呢？你这样问，眼神茫然。

过来医院一趟吧，很多事务和手续得处理。警察说。

你忽然就驾驭不住你的自行车了，车把左摇右摆，车轮晃动，歪歪扭扭，怎么也走不出直线。刚买来的水果在车筐里蹦来跳去，摊主搭给你的橘子蹿出来，掉到地上，一辆车从它身上碾过去，汁水四溅。

你左冲右突，晃过好几辆汽车，而后撞到了一棵树，你和车子摔倒在地，车轮咕噜噜地转，你瘫坐着，毫无反应。

一个路人扶起了你，问你有事没事。你没说话，挣开他的手徒步向着医院的方向跑去，踉踉跄跄。

风变大了一点儿，你肩上的线头儿崩开，撕扯出一个小口儿，你没察觉，继续跑。几条街后，你跑不动了，双手撑在膝盖上，气喘吁吁。然后我看到你哭了，站在风里，上气不接下气，像个孩子。

很多年前，在我大舅的葬礼上，我看到很多哭泣的人，有的人悲痛欲绝，涕泗横流。也有的人，没有掉眼泪，但他们也跪在那里，嘴里发出呜呜的声音，肩膀还轻微地颤动。

我问我妈，他们为什么要装哭呢。

死了人，进了灵堂就得哭，假哭也是哭，这是规矩，等会儿你哭不出来的时候也得这样。我妈妈拍了拍我的头，这样说。

现在你也在哭，眼泪从眸子里不间断地流出来，喉咙一上一下地耸动，啜泣着，满脸悲伤。

我不曾想过你会这样，会因为我的死而这般不知所措。我一直觉得我是你的敌人，是杀死你生活的凶手。你其实应该恨我的，不是吗?

护士把死亡证明和尸体处理文件递到你手里，你没说话，靠在医院走廊的座椅上，昂着头，嘴巴大大张开，眼神空洞，面无表情，好似一座蜡像。

何苦呢? 我的耳边响起这样的声音。

我循声望去，是一个穿着病号服的老人，两鬓斑白，面容憔悴。他的脚和我的一样，悬在空中，也是一个死去的灵魂。

何苦呢? 他又问了一遍。

因为没有爱了吧。我说。觉得活着没有什么奔头，就跳楼了。

我也算是自杀，比你早死两天。老人说着，伸出手指了指自己心脏的位置。我这里有病，治不好，孩子们非让我吃药。还吃什么呀，净浪费钱，我偷着把药全退了，就这么病死了。

我点点头，没说话。

你看她那么伤心，怎么会没有爱了？你们还是年轻，知道什么叫爱啊。我有个老伴儿啊，几年前也得了病……

老人开始唠叨他的爱情，我没听进去，只是看着你，看着你失神的样子。

你说，我这样是不是很可笑呢。在我从天台上跳下去的时候，我是割舍掉了一切的，可是此刻，我却有着莫名的刺痛。

人们常说，失去一样东西的时候，才懂得珍惜。我更决绝，我弄死了自己，结果连带着把懂得珍惜的机会也搞丢了。

我想好好陪陪她。我对老人说。

老人点点头，消失在楼道深处。

我在你旁边的椅子上坐下来，侧脸看着你，你也转过脸来，面向着我的方向。我仔细地看着你，你双眼红肿，瞳孔中映着一面墙，惨白如刀。

你看不到我，但我却觉得我在和你对视，我忽然想起以前，在那个时候，凝视与拥抱曾是多么重要的事情啊。

你深叹了一口气，站起身，你要回家了，我默默跟在你身后。

小区街道，单元门，坏掉的声控灯，贴着平安符的房门……我陪着你一起经过它们。你从兜里掏出钥匙，比划了半天才插入锁孔，门开了，我们回到了家。

关门的时候，你碰到了门后角落里的那个鞋架，它是我用柳木条钉起来的，很丑。刚钉好的时候你说，上层归我，下层归你。

你把鞋子随意踢开，赤着脚在房里走来走去，你把沙发上的垫子拿起来，扔到右边，又捡起来，丢回左边。你倒了一杯冰水，一口气灌下去，对着桌上的我们合照大口喘息。

最后你去了厨房，开火，做饭。你盛了一个碗，却拿出两双筷子。你对着手里的筷子愣了半天，没有吃，只是呆坐着，那碗面晾在那里，不知不觉间干瘪成一团。

你开始拨电话，要把我的死讯通知给你的家人，还有我的家人。你先打给了你的妈妈，你说陈步云出事了。

又吵架啦？说了很多次了嘛，两个人之间能让一步就让一步。电话里传出你妈妈的声音。

没有，他出事了。你说。他死了。

你妈妈没说话，你又哭了起来。陈步云那个王八蛋死了，跳楼了，他撇下了我，不要我了。

你声嘶力竭，歇斯底里，把墙壁上圆形钟表的滴答声也衬得惨烈。你哭着哭着，忽然说，妈，我好后悔。

我也一样。我是说真的。

住在我们楼顶上的那户人家，母亲正在做饭，父亲正在监督孩子做家庭作业。再往上一层，年轻的情侣正在看一部西方的爱情电影，他们的手紧紧牵着，面带微笑。再往上，围着围裙的女人一面煮一锅热气腾腾的粥，一面给她的丈夫打电话，要他回来时记得带一根葱上来……

其实我们也可以这样的对吧，爱本应存于我们生活中每一个微枝末节，可是我们却从未注意，日出日落，硬生生把本该属于我们的美好杀死在掌心里。

凌晨两点，你没有睡，坐在床头，从柜子里翻出一件未织完的毛衣。我认识它，它是属于我的。

当时，你拒绝了我要一件浅色毛衣的要求，你说深色耐脏。在你起好领口的时候，拿着它放在我的胸前比了半天，问我想要什么样子的花纹。

花纹的问题我们没达成统一，你嫌弃我要的纹路太复杂，你说工作那么忙，哪儿有时间费那闲劲。你又说，反正也是穿在里面，花纹再好看也没人知道。后来我们又因一些无关紧要的事大吵了一架，这件未织完的毛衣也就被收了起来。

现在，你拿出了它，在灯影下一针一针地织着，纤细的针在你手中轻盈穿梭，我认出了它们的轨迹，你在织那个你最讨厌的繁琐纹路。针线翻飞，光影跳动，你坐在那里，一言不发。

我想起保罗·策兰说的，爱如罂粟。我们中毒颇深，手握解药却浑然不觉。此刻，你，变成一个孤零零的可怜女人，而我，变成一个可悲的灵魂，我们终于发现了潜藏已久的爱，它横在我们之间，清晰可见，但我们却回不去了。

　　太阳升起的时候，你睡了，风轻轻掀起窗帘，日光透过薄雾洒进窗棂。

　　我停在你面前，最后一次，也是充满深情地亲吻你。你好像察觉到了什么，缓缓睁开双眸，眼神迷离，又夹杂着悲戚。

　　我爱你。我这样说着，缓缓消失在清晨的第一束阳光里，融进一阵无声的风。

鲜花在哪里盛开

鲜花在哪里盛开

　　起初，他站在一大朵云彩上向远处眺望，太阳在天边发出柔和的光，把周围的云也镀上一层红色。他大笑着，在云海中踩着一朵又一朵云向太阳的方向跳过去，双腿抬起又落下，每一脚都很舒服，软软的，好像踩在大团棉花上。他兴奋地跃起，将自己摔在一块酷似飞毯的云上，云朵受他身体的挤压，无声凹陷。忽而之间，云层消散了，他无处栖身，从空中直直地坠落，跌进一片蔚蓝的海。

　　然后他便醒了，头顶在墙上，薄薄的被子半卷着，大半个身体蜷在里面。他隐约知道自己刚刚做了个颇奇异的梦，但这会儿却怎么也忆不起那梦的内容，一时怔在床上发愣。

　　现在是下半夜，距离天亮还需好长一段时间，可他再睡不着，便起身下床，又发现怎么也找不到另一只拖鞋，撅着身子在床下摸了半天，倒把最后一点困意也给赶跑了。先去盥洗室处理了腹中积存的液体，又靠在柜子旁，拧开一瓶水慢慢地喝，现在，他已完全清醒了。

　　他当然是很苦恼的。但也没办法，换做任何一个人遇到他这样的事，都一定要很苦恼的。

　　两天前，那天夜里，他到番禺的一个住宅小区里行窃，那是他踩了好几天的点儿，盯了好几天的梢儿，千挑万选才确定的一个下手对象。四楼，楼层不算高，根据他的观察，这家主人经常离家外出，又不安防护栏，甚至连窗户也不爱关。其实就算关上了也没什么关系，这种低级的月牙锁，他一只手就能捅开。不能放过这样的猎物，他想，换做任何一个贼，都要趁着夜色爬进去探访一番的，万一摸到个值钱的物件儿，岂不是又能舒服好些天了吗。

　　所以，前天晚上凌晨时分，他带着一身行头摸到了小区楼下，顺着早已计划好的路线，轻巧地避开监控，攀着一楼的铁护栏，用力抓住二楼的空调机，再将整个人挂在大楼的排水管道上，双臂使力，轻轻松松地摸到了四楼窗沿，然后拉开窗扇，跳进屋。

　　他落地的一瞬间便察觉到屋里有人了。这没什么了不起的，真正出色的小偷，可以靠直觉探查到屋内人的数量、位置，甚至是性别以及大概的年龄，并以此来估算，假若自己被发现了，能否通过武力脱身。而更加高明一些的小偷，还可以通过这些感知，再配合屋里家具的档次与摆放位置，分析判断出这家人贵重物品的存放地点，然后轻而易举地得手。这些都是一个惯偷应当具备的能力，他把它们称为行窃嗅觉。

他的行窃嗅觉一向不错。起码以往做的几次案子都挺顺利。可是这一次，他的嗅觉受阻了，而阻挡他行窃嗅觉的，正是他真实的嗅觉。

当时他翻身入室，先在黑暗中静止了好一阵子，屏住呼吸，探查房主是否有被惊醒。一切正常，很安全。接着，他鼻翼翕动，嗅到一股淡淡的、难闻的，但又无比熟悉的味道。艾草？他疑惑着，又吸了几下，心里断定了，的确是烧艾草的味道，难怪这家人总要将窗户打开呢。

在很多年前，他第一次闻到了烧艾草的味道。当时他才毕业，和女友小谢一起去宁波打工，现在回想起来，实在是艰苦非凡。

那会儿，他们两个人挤在一间八平方米的小屋里生活，日子过得异常拮据，一度到了连蚊香都舍不得买的窘迫地步。你知道，宁波的蚊子是很凶的，哪怕到了12月，依旧会追着人咬，这自然让人无法入睡。忽然一天，小谢不知从哪里抱来许多艾草，一入夜便拿到窗前去烧。这东西驱蚊有奇效的。小谢说。

但是你想，艾草烧起来的那股子味道，一般人里又有几个能受得了，至少他是不喜欢的，所以他一看到小谢拿着打火机去点艾草，就忍不住心烦，为此还吵了几次嘴。但小谢说，张小山，我烧艾草是为了什么呢？还不是为了省下几块钱让你能吃顿早饭再去工作吗？他便接不上话了。

有天他从走廊里回房间，正巧看到邻居窗沿上放着半盒蚊香，想也没想便顺手揣走了。晚上，小谢又要点艾草，他拦住她，从兜里掏出那半盒蚊香，说，今天点这个吧。

哪儿来的？小谢问。

买的。

哪里能买得到半盒？小谢又问。

他一下被噎住，答不出了。

在隔壁拿的吧？小谢看着他的眼睛，一字一句地说，张小山，我告诉你，我跟着你受这些苦，不是我傻，也不是我贱，是因为我喜欢你。

他没说话，只是静静地听着。然后小谢继续说道，我不求你能做多大的事业，不求你能多么的威风，我只求你能一直做一个正直的、干干净净的，值得我去爱的人。

那晚，张小山感动得无以复加，他粗暴地将小谢要了又要，恨不能将她整个人咬在嘴中化掉。当小屋中的板床恢复平静，任由他俩拥抱着喘息时，张小山在内心盘算着无数个人生规划。他要让小谢过好日子，他必须要做到。

张小山当然不会想到，在不久的将来，这个如此深爱他的女人会离他而去，一点余地也不留，就像在他悄悄偷走邻居的半盒蚊香时，打死也不会想到自己将来会成为一个靠偷窃维持生计的混账。

但如今，时隔多年，在番禺，在一间陌生的屋子里，张小山再次闻到了他曾经熟悉的烧艾草，这让他既欣喜，又惆怅。他不可避免地心猿意马，难以平静了。

怎么广东人也好烧艾草吗？他一面寻思着，一面努力去平复心情，拧开袖珍手电叼在口中，借助着微弱的光亮在房间内轻手轻脚地搜寻。房子很小，在一番快速搜索后，徒劳无功，没有任何收获。张小山失望之余，又鼓起勇气拧开了卧房的门，贼不走空嘛，他这样想道。

首先入耳的是均匀的呼吸声。对方睡得很沉，并且是个女人，这让他放心不少，如果是个健硕的男子，那就得立刻跑路了。

对于一个窃贼而言，没有什么能比在房间的主人眼皮底下行窃更令人兴奋的了。张小山的每一个细胞都在跳动，所有的感官都在此刻灵敏到了极致，他甚至可以清楚察觉到身边这个女人的呼吸与几秒钟前的呼吸有何变化。

黑暗中，他如同鬼魅，在漆黑又陌生的房间里快速翻找但不发出任何声响，直到他搜寻到女人身旁的床头柜的前一刻，他都处在一个盗贼的最佳状态。

那是个很普通的床头柜，与绝大多数人用的并无二致，上面散乱地放置着一些杂物，以及一个立式的木质相框。

当然，张小山对相框里的照片并不感兴趣，去看它只是一个下意识的行为。我想，换做随便一个人，也都会下意识地去看的，眼前的东西，看一眼再正常不过了不是吗？所以，张小山也再正常不过地将手电筒的光往照片上扫了一下，就那么一下，两秒钟，也许更短。

张小山愣住了，像是被西天如来一把捏住的孙猴子，他的肢体、感官、思想，统统不存在了。那一刻，世界是静止的，张小山也是静止的。因为在相框中，那张笑盈盈的脸，像极了小谢。

张小山不知道自己是怎么离开那套住宅的，也许是仓皇逃出，也许是平静离去，但这些都不重要，重要的是他想知道，那个人，究竟是不是小谢。

小谢也在番禺吗？自己竟误打误撞偷到她的家里去了吗？她怎么会在这儿，她是结婚了吗？天底下竟会有如此滑稽，如此偶然的事情吗？张小山不敢想，却又忍不住去想。她真的是小谢吗？会不会撞脸了呢？其实是自己忽然闻到了艾草味，所以想太多眼花了吧。无数个念头在张小山脑子里撞来撞去，直撞得他脑仁儿生疼。

该死，怎么就没拿手电往她脸上照一下呢。他愤愤地想。

第二天，张小山下定决心，再次来到先前的小区，藏身于对面住宅楼的楼梯间。他死死地盯住不远处的单元门，他要守在这里，他要弄清楚，住在四楼的那个女人究竟是不是小谢。于是，一下午的时间便在焦心的等待中度过。

傍晚时分，小谢出现了，真真切切地出现在张小山的视野中了。一切都和多年前一模一样，她单手挎着菜篮，踩细碎的步子，用小指随意地拨弄蓬松的头发，目不斜视地出门，上街。

张小山悲伤得快要落泪。他对这个身影太熟悉了，他不得不绝望地承认，去他妈的吧，就是她，就是那个曾被他深深爱过的女人，小谢。

这是多么痛苦的一件事呢？在那个单元门里，张小山可以接受它走出任何一个人，但唯独不能接受走出的人是小谢。他很早前便已清楚地确定，小谢，是他余生中唯一不想，也不能面对的旧疾。

于是，在故事的开头，在未有天光的深夜里，张小山从梦中惊醒，苦恼着拧开一瓶水，靠在柜子边慢慢地喝着。在他的脑海中，许多往事也像这瓶中的水，正咕嘟嘟地向外冒。他原以为一切早已尘封，已经滴水不漏，可哪知自己这老旧的容器只是稍稍倾斜，汹涌的回忆便趁机翻腾起来，一发不可收拾。

他首先想起的是小谢好看的样貌，那时她还年轻，他也年轻。但在他们正式确立恋爱关系之前，没有任何一个人能想到小谢会成为他的女友，哪怕是张小山自己也不敢想。甚至，即便是现在，张小山在难过和痛苦时依然不解，小谢为什么会选择自己，她究竟看上了自己哪一点？

张小山长得不好看，何止是不好看，简直可以说是很丑了，塌鼻梁，厚嘴唇，眼角向下，耳朵也生得胖。你想，五官单个儿拿出来都是这样，堆在一起自然更不能看。这也就算了，男人嘛，样貌终归不是第一位的，有钱也行，可偏偏张小山家境也差，祖上三代贫农，虽说考了个大学，却也不是什么好学校，反而逼得一家人为学费犯愁。而小谢就不一样了，她脸蛋儿漂亮，身材高挑，性格随和，又有气质，学校里哪个男生不喜欢她。单把喜欢小谢的棒小伙儿们叫到一起，一台晚会都凑出来了，顺带着观众席也能排满。但就是这样的一个小谢，在众多追求者中，做出一个最次的选择——张小山。

别人不知道张小山是怎么追到的小谢，权当他上辈子积了德，这辈子又踩了狗屎，顺带着把下辈子的好运也一起透支了，这才抱得美人归。只有张小山自己心里清楚，他压根儿没追过小谢，别说追了，他连想都没想过。当时，一切都是小谢在主动，他张小山在云里雾里飘摇着，迷糊着，便惊愕地发现自己成为小谢的男朋友了。当然，这事儿他谁也没告诉，一直憋在心里，他想，这话要是说出去，谁信啊，连他自己都不信。可事实就是这样，不管他信不信，这一切都实实在在地发生了。

那天晚上，张小山送完店里的货物，便骑着自行车匆匆忙忙往学校赶。再晚一点，他就得被宿管锁在寝室楼外无处可去了，想到这个，张小山赶紧又将车子蹬得更快一些。当他经过市医院时，正好看见小谢一个人从高高的台阶上走下来，他犹豫再三，还是停住了车子。

"小谢？"他喊道："你一个人吗？这么晚了，公交也停了，你怎么回去？"

"不知道，我本来来得挺早，可医院看病的人太多，就耽误了。"小谢回答。

"要不，要不然，我载你回去吧。"张小山支支吾吾地说，"挺晚的了，等你走回去宿舍也肯定锁了。"

其实张小山并没有奢望小谢会答应，反而是在自己开口的瞬间便后悔了，他想，小谢这样的女神，肯定是理都不会理自己的。但出乎他意料的是，小谢竟答应了，快步走下台阶站到他身边，撩起裙摆斜坐在自行车的后架上。

"那就谢谢你了。"她说。

"没事，没事，坐稳了吗？"他红着脸问。

"可以了，走吧。"

听到身后姑娘的回答，张小山右脚用力一蹬，车子便慢悠悠地动了。也许是紧张，也许是太久没有载过人，总之张小山的双臂怎么也控制不住车把，车身摇晃着，吱吱呀呀地前进着。

"别急，你慢点儿。"小谢说。

　　张小山没回话，只是用力地控制着双臂，试图保持车子的平衡，当他终于做到时，才发现已经骑出了好远，两个人谁也没说话，气氛既诡异，又尴尬。

　　最后还是小谢打破了宁静，她问："你是去做兼职了吗？"

　　"嗯，对，做兼职。"张小山回答道。

　　"那你可真够辛苦的，这么远，还弄得这么晚。"

　　"其实还好，远是远了点儿，但工资比学校附近的店要高一些。"张小山解释着，又问小谢："你呢？怎么这么晚还在医院，不舒服吗？"

　　"是有点儿不舒服。"她说。

　　"很严重吗？看你没去学校里的卫生所，直接来这里了。"张小山关心道。

　　"啊，我当时觉得挺难受的，就以为挺严重，一害怕就直接来大医院了，结果折腾半天，倒没什么事儿了。"小谢顿了顿，又说："早知道就去卫生所了，又便宜又省事儿。"

　　"没事儿就好，没事儿就好。"

　　这时已经很晚了，月明星稀，街上除了他们，再无一个行人，两人不再讲话，只是沉默地骑行着，沿着种满白桦的街道一路向学校驶去。路灯稀疏，张小山低头望向地面，在那里，他的影子和小谢的影子紧紧挨在一起，在昏黄的光线中慢慢拉长，然后消失，接着又长出，然后再拉长，再消失。风从他的背后送过来，夹着一股清甜的香味，那是小谢身上的，张小山一面嗅一面想着，为什么好看的姑娘，身上总是很好闻呢。他还没有想出答案，便忽然听到小谢说，我到了，谢谢你。

其实小谢还没到，从这里到女生公寓，还有挺长一段路要走，但小谢说自己到了，意思就是想要下车，然后走回去。张小山当然不能拒绝，于是他默默停在路边，等着小谢跳下来，然后挥挥手道别，各自离去了。

张小山独自推着自行车在夜色里走，风钻进他的领口，带给他一点儿小瘙痒，他没在乎，只是默默地想着，小谢这个人，还蛮随和的。

张小山再次在学校里遇到小谢，已经是一个多星期以后了。当时，他们学校里发生了一件了不得的大事，有个教授不知犯了什么罪，竟被警察找上门，在校园中被强行押上警车带走了。被抓的教授正是张小山所在学院的副院长，许多学生都亲眼见到了当时的情形，大家议论纷纷，惶惶不可终日，不知接下来还会发生什么。

但这些都与张小山无关，他太忙了，压根儿没时间去关注这种新鲜事，课少的时候，他甚至同时做三份兼职。管他犯了什么事呢，他心里想，反正跟我又没什么关系，又不会耽误我毕业。

一想到毕业，张小山就头疼，毕业便意味着他要就业了，可他又能做什么呢？大学这几年，光顾着做兼职维持生活了，既没好好学习，也没打点人脉，这可怎么办？想到自己将来的简历上空白一片，没有东西可写，他就心慌，这拼死拼活念来的大学，不是一点儿用也没有了吗？

这天晚上，张小山正为将来所苦恼着，独自一人在校园里闲晃，路过实验楼时，再次遇到了小谢。他看到小谢在哭，坐在实验楼前的草地上，梨花带雨，伤心至极。

张小山原本是想绕开她的，但忽然想起几天前的夜里，自己在市医院前遇到她，并将她载回到学校的情形。她应该是不讨厌我的，张小山这么想着，然后鼓起勇气走了过去。

"怎么了？"他问。

小谢抬起头，红着眼睛望他一眼，没有作答，而是继续将头埋下去，颤抖着肩膀哭泣。

张小山不再询问，也没有安慰她，其实他是想安慰的，但却不知如何开口，他从未遇到过这样的事。于是，张小山只好静静地立在一旁，只是默默地看着她，一言不发。

也不知道过了过久，张小山的腿都站麻了，小谢终于止住哭泣，抬起头望着张小山，她看了好一会儿，才终于开口讲了第一句话。

"你吃饭了吗？"她问。

"没有。"张小山回答。

"我也没有。"小谢顿了顿，然后说："所以我们一起吃饭吧，行吗？"

张小山能说不吗？当然不能。于是他伸手将小谢拉起，然后和她一起去到校外的一家小餐馆儿。

餐桌上，小谢点了许多瓶啤酒，张小山看到了，想说些什么，却还是没能开口，又硬生生咽回了肚里。

"是不是觉得女孩儿喝酒不好?"小谢问道。

张小山摇摇头:"没有。就是觉得，喝太多就不好了。"

"就这一次。"小谢说着，用小指理了理额前的刘海儿，"其实我挺能喝的，我爸是酒鬼，有遗传。"

"嗯。"

"你喝不喝?"

"你想喝我就陪你吧。"

小谢便满满地倒了两大杯，与他对饮起来。

其实小谢并不能喝酒，张小山一眼就看出来了，她根本不会喝，喝得太急，端起杯子便哐哐往肚里灌，这是很容易醉的。他试图去拦，但遭到了拒绝。

"你别管我。"小谢说。

张小山便真的不管了。他没遇到过这种情况，实在是不知所措。于是，只能眼睁睁看着小谢醉倒在面前，看着她泪流满面地胡言乱语。

当他们离开饭馆儿时，夜已经很深了。张小山站在街头，默默忍受着冷风的侵袭。

"你怎么回去?"他问。

小谢没有回答，她也没法回答，现在她连站都站不稳了，步子还未迈出，人已经摇摇晃晃地歪倒在张小山的怀里。

"张小山——我跟你说——我他妈——特别的不高兴——"小谢拉着失真的尾音,断断续续地说道,"我真的——特别——"

"每个人都有不高兴的时候,我也有很多烦恼的事情。"张小山安慰道,然后扶着她将自己许多的苦恼统统说了出来。他知道小谢可能根本听不到,但他还是在讲着,不停地讲着。

"张小山——我跟你,说个事儿……"小谢忽然打断了他。

"嗯?"

"我——我想——谈恋爱了——"

"啊?"张小山吃了一惊。

"我说——我想——谈恋爱了!"

张小山没作出任何表示,他也没法表示,因为在小谢说完这句话后,便忽地贴向他,紧紧地搂住他的脖子,将自己的嘴唇印向他。那一刻,张小山犹如五雷轰顶,失去了知觉与意识。而当他反应过来时,却发现在自己的口腔中,有一条香滑柔软的舌,正在灵巧地穿梭、探寻、搅动。那一刻,他体内全部的神经都酥软了,他喘息着迷失了最后一丝理智,无可自拔。

他们当然无法回到学校了,即便是外部条件允许,他们的身子也不会答应。在旅店里,小谢像一条柔软的水蛇,紧紧地缚在张小山身上，她光滑而柔软的手不停地游离，探寻着张小山身体上的每一寸土地，而她口中呼出的酒气，也成为这世上最好的催情物。原本是白纸一张的张小山，此时此刻，忽然解锁了体内最原始的本能，在小谢轻车熟路的攻势面前，他不再瘫软，不再笨拙，而是顺理成章地，一往无前地吹响了反攻的号角，将自己炙热地武器送入了本该就属于他的战场，在那里，他狂野地驰骋着，撞击着。

风停雨驻。张小山躺在床上，感受着身旁人儿的体温，激烈地胡思乱想着，他想了许多，终于在天亮时将所有的想法汇集成一条线——努力生活，对她负责。

天亮的时候，张小山想通了，他得再去那个小区看一眼小谢。以前，他们分手了，分居两地，彼此没有音讯，便也没觉得怎样。后来他走南闯北，在不同的城市中艰难过活，忙忙碌碌，简直快要把她忘掉。但今天，小谢再次出现在他面前，这让他无法控制自己激烈的情绪，他死水微澜了，不，不是微澜，是掀起了滔天巨浪。

去看一眼，必须得去看一眼。他想，最起码，我也得知道她过得好不好。要是过得好也就罢了，要是不好……

要是不好，他会怎么办呢？张小山没想出来，但他也懒得想了，我自己过得也不好嘛。

张小山兴冲冲地来到小谢家门前。在路上，他已经盘算了好几遍，届时，他会轻轻叩开门，在小谢惊愕的眼神中走进屋子，然后告诉她，其实几天以前，自己就已经来过这里了。他才不会介意小谢有多惊讶，他决定了，要把自己想说的话一口气全部讲出来，他要与她开诚布公地聊聊。

咚咚咚，咚咚咚。张小山急促地敲着门，却始终不得回应，良久，他终于放弃了，屋里没人。在这个空当里，他久久地沉思，忽然后怕起来，幸亏她没在家，假若她真的打开门，与我面对面地站着，我又能说些什么呢？我会什么都说不出的。

就在他胡思乱想之际，三楼的楼梯拐角传来响动，有人正爬上来。然后，他听到了小谢的声音："那你这次能待几天呢？"

张小山快速地跑上五楼，将自己藏了起来。他不敢让小谢看到自己，他害怕，先前他盘算的那点儿勇气已经消散得无影无踪，一点儿也没剩下。他躲在五楼，顺着楼梯把手处的缝隙偷眼往下看，却只能看见两双腿，一双是小谢的，一双是一个男人的，西裤，皮鞋。他轻微调整了一下角度，又看到那男人将手搂在小谢的腰上。然后，随着一系列钥匙开锁的声响，他们打开房门，走进去，紧接着又将房门关闭。

那是她的丈夫吗？张小山这样想着，内心深处不无酸涩，顿时空落落的。他上一次有这样空落落的感觉时，大学还没毕业。

当时，他独自站在市医院的楼道中，看着小谢从手术室里出来，扶在墙壁上，然后脸色苍白地笑着说，孩子没有啦。那一刻，张小山真是对自己失望到了极点，他不知道自己究竟是哪次让小谢怀了孕，在醉酒发生关系后，他们便在一起了，后来的日子里，他们又做了几次，没戴套。

张小山没想过女人怀孕竟会如此简单。在他以往看过的电视电影中，女主角总是要不到孩子，男主角总是为这事儿心力交瘁。于是他想，怀孕大概是很困难的一件事吧。可是小谢却忽然对他说，我怀孕了。这句话简直都要把他的脑袋给炸裂了，这怎么办？

"能怎么办，打掉吧。"小谢说，"我还上学呢，总不能生下来。"

他点点头："也只能这样了，需要多少钱，我去凑。"

"一人一半吧，发生这种事，我也有责任，我该保护好自己的。"小谢说。

张小山用力摇着头："你这是什么话？都是我的错，你好好休息，然后安排时间，我们做手术。"

小谢没说话，微微笑着，忽然又伸出手来安慰他："没事儿的，没事儿的。"

流产的手术在几天后便立刻做了，没办法，张小山太紧张了，生怕夜长梦多。但小谢却显得很平静，仿佛怀孕的人不是她，这让张小山感到惊异。

"着急有什么用，害怕又有什么用，事情已经发生了，还不如坦然接受。"她说这番话时，平静如水，半大又笑着补充了一句，"总会变好的，总会解决的嘛，真的，明天会

像花儿一样。"

于是张小山也跟着镇静下来。确实如此，他想，像小谢这样好的姑娘，没理由要受罪的，她的明天一定会像花儿一样的。

那时小谢正忙着考研，除去吃饭睡觉，其余的时间都用在图书馆和自习室里。张小山很担心，如果小谢考上了，两人大概就要分别了。可张小山又想，假如小谢考不上，又该怎么办？她这么用功，还不是为了这么一个目标，假如失败了，该会多伤心呢。

就在张小山每日患得患失的时候，冬去春来，已经是第二年。小谢的成绩也出了，并没有考上，她离参加复试的分数还要差一些。

"这怎么办？要不再考一年？"张小山趴在小谢身上，亲吻着她的头发。

"算了吧，不是这块料。"小谢环住他的肩膀，若有所思。

"那你打算怎么办？"

"不知道啊，要不然，我跟你走吧。"小谢忽然这样说道，她坐起身，望着张小山的眼睛，非常认真，"毕业后，咱们一起去打工。"

"去哪儿？"

"宁波吧，挺多同学都去那儿。"

张小山彻底成为一个失魂落魄的人了，他没想到小谢竟然真的已经嫁为人妇。此前，他有过怀疑，觉得小谢可能已经结婚，但当他亲眼见证了自己的推测后，反而难以接受这个事实，仿佛心中有一团奇异的火苗正在冰冷地熄灭着。

他在街上漫无目的地走，直到华灯初上，直至漏尽更阑。他忽然惊异地发现，自己竟始终都在小谢家附近徘徊着。怎么办呢？他喃喃自语。

现在，他再次站在小谢家楼下，抬眼望着四楼那个窗口，那里的灯还亮着，显然屋中人还未睡。他长久地站着，站在夜色中，没有一点动静。

忽然，他动了，走到墙边，伸手攀住一楼的铁护栏，又抓住二楼的空调机，接着是排水管道，最后将手搭在了四楼的窗沿上。他轻轻捅开窗上的月牙锁，翻身入屋，没发出一点儿声响。

他终于再次踏入这个房间了。

隔壁卧房中传出男女做爱的声音，那是小谢正在呻吟，在一个他所不知道的男人身下呻吟。想到这个，张小山的心都要碎掉了，他简直快要痛得死掉，但他却不能发出任何声音。甚至，他连离开都不敢，谁知道呢，他舍不得。

卧房中撞击与呻吟的声音终于停止，沉默了一小会儿，开始有谈话的声音传出。

"什么时候走呢？"这是小谢在问话。

"一会儿就走。"男人回答道。

"明天走不行吗？"小谢又问。

"不行。"男人拒绝得很果断。

"你怎么跟你老婆说的？"小谢继续问道，这句话让站在客厅中的张小山如入冰窟。

"我说，我是上午的火车，今天晚上就到了。"男人答道。

"哈，宋晓杰，你就是完全没打算在我这儿过夜呗。"小谢笑道，语气嘲讽。

"没办法，我得回家，孩子也想我嘛。"男人说。

静默了一阵子，小谢接口道："是啊，你得回家。"

张小山不住地心疼，他听出了小谢语气中的失落与悲伤。

"有时间，我再来找你。"男人这样说道，不知是在安慰，还是在火上浇油。

小谢再没说话，屋中长久的沉默起来。

张小山无声地后退，返回到阳台窗边，轻轻地钻出身子，顺着管道滑落下去。那男人说一会儿就会离开，很好。这一刻，张小山好像知道自己要做什么了，他要替小谢报仇，要为她出一口气。

十分钟，二十分钟，三十分钟，张小山在楼门外的角落里默默等待着。

当男人终于拎着公文包走出来时，张小山立刻尾随在他身后。空气很冷，却冷不过张小山此刻的内心，他面无表情地跟着前方那个男人，一步，两步，三步……

当他们终于走出小区，来到一片无人地带时，张小山高声喊了一句：宋晓杰？

"嗯？"男人诧异地转身，回头望向他，"你谁啊？"

张小山没有理会，他疾走几步，径直走到男人面前，在他疑惑的目光中重重地挥出了拳头。"操你妈的！"张小山愤怒地骂着，狠狠地踹出右脚，蹬在男人的肚皮上。男人惨叫一声，踉跄着摔倒在地，疼痛使他蜷缩着身子。一脚，一脚，又一脚，张小山没有给男人任何机会，狠狠地踢打在他的肋骨与小腹上。接着，他举起一块从路边草丛捡来的砖头，狠狠地拍了下去……

当张小山浑身是血地站在小谢家门前时，忽然发现自己已经无力再去回忆过往。不过也是，人为什么要纠结在过往中呢？人应该活在当下。这样想着，他高高地举起手，用力敲响了房门。

他终于和小谢面对面了。

"张小山？"小谢惊异的表情与他预先想象的一模一样，于是张小山快活地笑起来。

"你怎么了？"小谢问。

"没什么，和你那个该死的男人打了一架，然后我赢了。"

小谢没说话，将他引进屋，然后默默地看着他。

"你不知道吧。"张小山说道，"你这屋子，我是第三次进来了。"

"你到底想干嘛?"小谢说着，语气尖锐，有些生气的样子。

"我干嘛不重要，重要的是你! 你为什么不好好生活?"张小山质问着，他的声音很大，这是这些年来，他第一次用这么大的声音对她讲话。

小谢反问: "我怎么没有好好生活? 我怎么才算好好生活?"

"为什么不找个人结婚，为什么不好好过日子，为什么做别人的……"张小山卡住了，说不下去了。

"结婚?"小谢忽然笑起来，"我也想啊，但是谁要我啊，谁要一个不能生孩子的女人?"

"怎么了? 什么不能生孩子?"

"做流产手术做的啊，做完便不育了。"小谢笑着，盯着张小山的眼睛，"还是你陪我去的，你忘啦?"

张小山怔在原地，一句话也说不出。

"我不愿意嫁人吗? 可是我这样，怎么嫁人?"小谢说着，所有的笑容都不见了，忽然便落下泪来。

"对不起，对不起。"张小山喃喃着道歉。

"跟你有什么关系?"小谢反问。

"对不起，真的对不起，是我的错。"

"你有病吧，跟你有什么关系?"小谢真的发火了，"你为什么总是这样蠢？跟你有什么关系？为什么？你真的觉得那个孩子是你的吗？"

张小山仿若被一道惊雷击中了，他呆愣愣地站起身："你什么意思？"

孩子当然不是张小山的，就像他一直以为的，女人哪里那么容易就会怀孕呢？小谢腹中的孩子，本是那个被警察抓走的副院长的种。但张小山偏偏在市医院门前遇到了刚刚验出身孕的小谢，又在副院长落网后遇到哭失了心智的小谢。而小谢，也在悲伤到绝望的心情下，鬼使神差地爱上了他。

小谢忽然很疲惫了，她喃喃地说道："他给我保研，我便陪他上床。可他却被抓了，我又有了他的孩子。我的一辈子都这么毁了。"

"但是我得谢谢你，如果没有你，我大概已经活不下去了吧。"小谢苦笑着，又继续说道，"你应该挺恨我的吧，我不但毁了自己，还毁了你。"

张小山没有说话，只是默默地站着。

"但是你现在没必要恨我了，你看，我这不是遭了报应吗？先是不能生孩子，现在又给人家做婊子。"

张小山依旧不说话。他忽然想到，自己将宋晓杰打成那个样子，就算不死也得残废了。那么自己会怎样呢，警察一定会找到自己，也许很快就会破门而入，像当初带走副院长一样带走自己。他忽然很想知道，假如自己被带走了，那么小谢会是一种怎样的心情呢？她又该怎么度过余下的生活？

于是，张小山突然很想问小谢，如果我去坐监狱了，你愿意等我出来吗。他当然没有真的问出来，他只是想想罢了。

小谢依旧在原地讲述着什么，张小山打断她，缓缓地走到她的面前，然后伸出沾满血迹的双手捧住了她的脸。他轻声说道，还记得那时候，你用来安慰我的话吗？你说，明天会像花儿一样。

小谢哭泣着，痛苦地闭上了双眼。

张小山不再多说什么，只是默默环顾四周，然后从房间的角落里抓起一大把艾草。他颤抖着，从口袋中掏出一个打火机，轻轻地擦亮，将火苗儿放到艾草下面。

在这个一如往常的黑夜里，张小山在小谢的哭泣声中，轻轻地擦亮手中的打火机，他试图将手中的艾草点燃，却怎么也做不到。奇怪的是，尽管屋中的艾草并未被点燃，却还是变得足够呛了，直呛得张小山流出了眼泪。